NA WZGÓRZU
RÓŻ
STEFAN
GRABIŃSKI

Na wzgórzu róż
Copyright © JiaHu Books 2014
First Published in Great Britain in 2014 by Jiahu Books – part of
Richardson-Prachai Solutions Ltd, 34 Egerton Gate, Milton Keynes,
MK5 7HH
ISBN: 978-1-78435-074-1
A CIP catalogue record for this book is available from the British
Library
Visit us at: jiahubooks.co.uk

NA WZGÓRZU RÓŻ

Da quella bocca dorde usciano i fiori,
Ora n'escono i vermi... oh! che pietade!...[1]

Było lato — parne, upalne — pora, gdy miasto się wyludnia, po ulicach wzbijają tumany kurzu, błąkają zapomniani samotnicy. Zalecono mi kąpiele słoneczne i wyjazd na wieś, gdzie mógłbym swobodnie przeprowadzić kuracyę. Niestety obowiązki, zajęcia, nie pozwalały opuszczać miasta. Musiałem więc dla uniknięcia ciekawości i natręctwa ludzi poszukać odpowiedniego miejsca w okolicach podmiejskich.

Po bezskutecznych wędrówkach znalazłem wreszcie nader dogodne, ustronne, o jakie cztery kilometry od centrum ruchu. Właściwie odkryłem je całkiem przypadkowo, zapędziwszy się w swych poszukiwaniach w nieznane mi dotychczas strony. Leżało za małym laskiem, ogrodzone od gościńca głębokimi jarami, zasłonięte przed okiem przechodnia łańcuchem pagórków.

Była przestronna łąka, zarosła jedwabistą trawą, pełna woni roślin pastewnych i ziół. W pośrodku stał samotnie wysoki mur z czerwonej cegły, tworząc zamknięty czworobok. Zrazu zaniepokoił mnie nieco, gdyż przypuszczałem, że zawiera we wnętrzu jakąś siedzibę, lecz oglądnąwszy go dokładnie, przekonałem się, że niema nigdzie wejścia ani otworu. Ponadto wokół nie widziałem żadnej ścieżki, żadnego utartego toru. Tylko przez pierwszych parę dni zdawało mi się, że dostrzegam świeże ślady podków końskich. Zbadałem mur w miejscu poczynania się odcisków, lecz nie zauważyłem nic szczególnego na jego powierzchni. Zresztą niebawem przestałem zwracać uwagę na tropy, gdy zatarły je

---

1 W ustach, co niegdyś tchnęły wonią kwiatów,
Robak się lęgnie — bolesny widoku!...
Piosenka neapolitańska.

deszcze, zarosły trawy. Ostatecznie uspokoił mnie zupełny w tej stronie brak choćby najmniejszej poszlaki ludzkiego życia.

Ciszę mącił chyba tylko bzyk koników polnych lub daleki turkot wozu za wądołami. Mur zdawał się stykać bezpośrednio z nieboskłonem: ponad nim nie wystrzelało ani jedno drzewo, nie czernił się szczyt domu, nie kędzierzawił pióropusz dymu, wyniosłe, ceglaste ściany szły prosto w górę, wsiąkając w lazur widnokręgu.

Szczęśliwy z zajęcia tak wygodnego stanowiska, poddałem się z zapałem działaniu ożywczych promieni słońca. Opierałem się plecyma o mur i w tej pozycyi siedząc na ziemi, wygrzewałem się. Wybierałem umyślnie porę obiadową, gdy energia słońca dochodzi do szczytu. Wkoło mnie roztaczały całe bogactwa swych woni zioła prażone spieką południa, zanosiły się brzękiem świerszcze. Wydzieliny rumianku, mięty, zawrotny zapach macierzanki unosiły się w rozdrganym eterze gęstemi, wązkiemi jak ciecz falami. Miałem wrażenie czegoś niemal dotykalnego... Zresztą cisza bezwietrzna, senliwa... Czasem ledwo dosłyszalne tarcie kanarkowych skrzydełek cytrynka, osypywanie się mączki z brzemiennej torebki kwiatu... Czasem gdzieś hen, daleko, w zenicie świegot skowronka, urwany odzew przepiórki...

Nademną słońce czyste, bez skazy pławiło się w roztopionym złocie, wyginało łomkie brzegi tarczy połyskliwym ruchem.

Ukołysany wonią ziół, uśpiony skwarem, przechylałem głowę wstecz, śledząc gorączkę chmur, goniąc oczyma za obłokami, które jak pijane zataczały po niebie nieokreślone drogi, nie śmiąc przesłonić słońca, zbyt potężnego w tej chwili; Odpychało je daleko precz nerwistym rozkurczem promieni. Wreszcie koło południa wpadałem pod wpływem upału i orgii woni w rodzaj snu, czy ekstazy. Trwała zwykle niedługo, może z kwadrans, lecz była tak upajającą, że z chęcią przedłużyłbym ją z godzinę.

Zrazu nie wypełniała jej żadna konkretna wizya, po której pozostawałoby wspomnienie we formie np. obrazu, natomiast wytwarzało się wrażenie zapachu róż. — Mówię „wytwarzało się", gdyż tak początkowo starałem się rzecz wyjaśnić. Myślałem, że róże, to tylko wytwór wewnętrzny mego przeczulonego powonienia pod wpływem ekstazy. Powoli jednak zmieniałem zapatrywanie, gdy woń róż dawała mi się uczuwać przez dni następne już wcześniej przed wspomnianem zapamiętaniem. Musiała zatem pochodzić od rzeczywistych kwiatów, które mogły róść tylko w

obrębie muru. Jakoż istotnie róże pachniały silniej, ilekroć wiatr
przerzucił przejego szczyt zwiewne masy rozgrzanego powietrza.
Róże kwitły poza murem.

Odtąd podniecona ciekawością wyobraźnia zaczęła czynić
wycieczki na niepewne w krainę najdzikszych domysłów. Może
jakiś dziwak-ogrodnik zamknął się w czterech ścianach z cegły i
pielęgnuje kwiaty dla pięknej fantazyi — może jakis znudzony
życiem pięknoduch na poły zboczony...

Przykładałem ucho, uderzałem w mur kamieniami, parę nawet
cisnąłem na drugą stronę... wszystko bez skutku: nie usłyszałem
odpowiedzi.

Dałem więc spokój, upewniony, że przestrzeń po za murem jest
pusta i niezamieszkana przez ludzką istotę, co najwyżej zarosła
różami. Kwestya jej zawartości byłaby mnie nawet zupełnie
przestała zajmować, gdyby nie pewne okoliczności, towarzyszące
ekstazie, jakoteż zmiany, jakie po czasie wystąpiły w niej samej.

Czwartego dnia dotknęło mnie wmieszanie się do zwykłej woni ziół
i róż jeszcze innego, specyalnego zapachu. Zapewniam, że aż do
rozwiązania zagadki nie miałem pojęcia o jego rodzaju, tak, żebym
przy pomocy czysto normalnych, codziennych, że się tak wyrażę
funkcyi powonienia w połączeniu z rozumowemi przesłankami nie
mógł wyciągnąć wniosku o źródle jego pochodzenia. Tylko
domyślałem się, że ów szczególny zapach, który wnęcił się
pomiędzy dotychczasowe, zapewne sam musiałby być znacznie
silniejszy, wyraźniejszy, lecz że w obecnem położeniu był
przytłumiony i przekształcony przez inne.

Do mnie dochodziła tylko wypadkowa przeróżnych woni,
otrzymana przez ich wzajemną interferencyę. Stąd mimo wysiłków
nie mogłem nic o niej zawyrokować: była mi obcą, nieznaną,
czułem ją po raz pierwszy w życiu.

Równolegle z tem począł się zmieniać stan ekstatyczny południa.
Pewnego dnia, gdy opity słońcem odchyliłem wstecz głowę i
spojrzałem tam, gdzie się mur stykał z siwą kopułą niebios, zdało
mi się, że w tejże chwili cofnęła się poza brzeg jakaś głowa.
Nieokreślony strach przeszedł nawskróś całą mą istotę; wyglądało
na to, że ktoś mnie bez mej wiedzy śledził przez dłuższy czas z poza
muru a spostrzegłszy, żem to zauważył, szybko skrył się napowrót.
Oprzytomniawszy, zacząłem sobie to tłómaczyć zwykłą wizyą, tak
częstą w ekstazie, usiłowałem się uspokoić. Lecz nadaremnie: ciągle
studyowałem w myśli wyraz widzianej twarzy i kształt głowy.

Ukazała mi się jednak na tak krótką chwilę, że trudno było określić jej rysy.

Wróciłem do domu wysoce podniecony i niecierpliwie oczekiwałem dnia następnego, pewny, że nadarzy się sposobność lepszego przyjrzenia się tajemniczemu zjawisku. Lecz nazajutrz spadł deszcz, co mnie przyprawiło o rozpacz. Zdenerwowany oczekiwaniem pogody, powitałem dopiero trzeciego dnia zbawcze słońce.

Gdy rozgrzanie ziemi i roślin osiągnęło swój punkt zwrotny, znów uczułem wśród chaosu woni tę jedną, nieuchwytną, chociaż teraz już nieco dobitniej zaakcentowaną.

W przekonaniu, że zjawie istotnie brak wszelkiej rzeczywistej podstawy, wytężałem wzrok i siliłem się, by zachować przytomność umysłu, chcąc w ten sposób zapobiedz jej wyłonieniu.

Tymczasem słońce, róże, a może i owo coś nieznane wzięło górę, obezwładniło umysł i w samo południe ujrzałem pochyloną nademną przez zrąb muru subtelnie piękną, tym razem wyraźnie kobiecą głowę. Była jakby z mgły, zatarta, utkana z ledwo dostrzegalnych atomów; owal pociągły, szlachetny, źrenice w perłowej oprawie białek i włosy ujęte w tyle głowy w grecki węzeł, koloru oznaczyć nie mogłem, bo materya, z której zjawisko utkało swą postać, była nieokreślonej, galaretowatej barwy.

Patrzyła smutno, z wyrzutem. Gdy chciałem przemówić, rozwiała się.

Przez te następne dnie powtarzało się to samo, z tą różnicą, że nieznajoma powoli jakby unosiła się ponad murem w całej postaci, odziana w szatę z mgieł. Zdziwiła mnie linia jej ciała: wyglądała na siedzącą; jej drobne, arystokratyczne ręce, o bosko wydłużonych palcach zwisały bezwładnie, jakby z jakiegoś oparcia. Była tak niezwykle piękna, że wziąłem ją za uosobiony ideał mej wyobraźni, wyrzucony na zewnątrz szczególnym sposobem w stanie zachwytu. Rozkochałem się w nim do niepamięci i żyłem tylko krótkiemi, momentalnie krótkiemi, chwilami, w których mi się ukazywała.

Aż razu jednego — był to już czwarty dzień z rzędu, od czasu pierwszego wyłonienia się — spostrzegłem z przerażeniem zagadkową zmianę w tej anielskiej twarzy. Jakaś ciemna jak otchłań plama wykwitła na prawem licu. Nazajutrz rozszerzyła się gwałtownie i objęła czoło. Była podobna do plam, które w jasną noc widać na tarczy księżyca: wiała z nich pustka i chłód.

Niebawem wzdłuż jej alabastrowych rąk przeciągnęły się również niepokojące cienie. Śledziłem z rozpaczą niewytłómaczoną postęp tego zaniku, czy zaćmienia, świetlanej wizyi. Zmiany te posuwały się równoległe z przekształceniami w jakości owej specyalnej woni, o której wspominałem już parokrotnie. Nie powiem, że ta ostatnia nabierała intenzywności, bo wtedy być może odrazu byłbym odgadł jej genezę, ile raczej nabierała coraz to odmienniejszego zabarwienia.

Ta właśnie równoległość obu zmian naprowadziła na wniosek o ich wzajemnej zależności, przyczem powziąłem podejrzenie, iż wchodzi tu w grę mój anormalnie rozwinięty zmysł węchu.

Pod tym względem należałem do wyjątków. Wszystkie jednak niezwykłe zdolności me w tym kierunku zdradzałem li tylko w chwili silnego podniecenia, zdenerwowania itp. Kiedyindziej węch mój w niczem nie oddalał się od przeciętnego zakresu. Dodać należy, że zawsze w takich wypadkach wyglądałem nieco anormalnie, chociaż przeważnie byłem najzupełniej przytomny. Wiedząc o tej mej właściwości, podrażniono mnie raz umyślnie podczas konwersacyi, toczącej się w jadalni. Pani domu postawiła tymczasem na stole w salonie wspaniałą wazę na kwiaty, której dotąd nie widziałem, gdyż była świeżo sprowadzona. Wazy absolutnie ani ja, ani nikt inny z gości dostrzedz nie mógł, bo salon znajdował się aż w trzecim pokoju, na lewo. Ponadto pozamykano drzwi tak, że żaden z obecnych stanowczo nie wyczuwał najmniejszego śladu jakiejkolwiek woni. Po chwili ukazała się pani W. i z uśmiechem zwracając się do mnie, zapytała:

— Jakżeż podoba się panu mój nowy nabytek?

— Czy myśli pani o wazonie w salonie?

— Oczywiście.

— Istotnie prześliczny.

I dokładnie opisałem jego kształt. Był w formie rozgwiazdy ośmioramiennej, inkrustowany po krajach koralem. Nie omieszkałem wyszczególnić kwiatów w nim umieszczonych, jakoteż gustownego ornamentu, w którym je ułożono. Drogocenne naczynie napełniono wonną esencyą dla ułatwienia mi zadania.

Innym razem podstępnie podniecono mnie trochę szampanem, poczem kazano odgadywać dwanaście różnych przedmiotów, pochowanych w szkatułkach i skropionych jakimś wonnym olejkiem. Próba udała się wybornie; wymieniłem po kolei wszystkie bez zająknienia.

Swoją drogą unikałem podobnych eksperymentów, bo po każdym doznawałem niezmiernego znużenia i nerwobólów.

Chociaż proces, jaki zachodził u mnie przy wspomnianych doświadczeniach, był zapewne bardzo złożony, starałem się przecież choć w głównych zarysach ująć jego istotę.

Że z woni ciała mogłem wnioskować o jego kształcie, położeniu, może nawet i ruchach — to zdaje się było wynikiem całego splotu fizyologicznych zajść.

Każdy punkt ciała wysyłał woń o specyalnem, poniekąd zindywidualizowanem zabarwieniu, wywołując odpowiednią podnietę w mych ośrodkach węchowych. Jeśli woń pojmiemy jako ruch cząstek eteru, podobny do ruchu fal światła, ciepła itd., to sprawa przedstawi się jasno. Suma podrażnień, rozlokowanych na korze mózgowej odpowiednio do ich źródła, dawała wrażenie całości a tą drogą podziemnej komunikacyi przerabiała się na takąż sumę podrażnień wzrokowych i przenosiła na ośrodki optyczne, wytwarzając obraz wewnętrzny. Skutkiem szczególnej, być może mnie tylko właściwej wrażliwości centrów węchu i wzroku, istniała tu prawdopodobnie bardzo ścisła korelacya obu zmysłów. Najdrobniejsze przemiany w jednym znachodziły natychmiastowy oddźwięk w drugim: ośrodki jakby udzielały sobie swych senzacyi, zarażając się niemi nawzajem. Współdziałała też zapewne spotęgowana niebywale subtelna pamięć, która po doznaniu szeregu podrażnień węchowych w lot przypominała mi odpowiadający jej szereg wzrokowy, znała wszelkie możliwe, wzajemne ich kombinacye i skojarzenia. Może nawet jak genialny znawca tonów z kilku zasadniczych motywów dogrywa całokształt symfonii, domyślała się z zaczątków reszty.

Nigdy nie mogłem twierdzić, że ciało „widzę" w zwykłem znaczeniu tego słowa. Jeśli przecież używałem tego wyrażenia, mówiłem tylko przenośnie lub też występowała wtedy w swej roli wyobraźnia, projekcyonując obraz na zewnątrz.

Jeśli atoli woń nie jest falą, lecz powstaje wskutek odrywania się cząstek ciała, to widocznie odbywa się ono symetrycznie, stosownie do kształtu i rodzaju przedmiotu, lub też umiałem uporządkować bezładny chaos podrażnień, idąc przy patrzeniu drogą wsteczną ku źródłu woni. — Przy obu teoryach jej istoty nie wykluczałem bynajmniej bezpośredniego działania na wyobraźnię i centra rozumujące, bez poprzedniej transpozycyi na obraz wzrokowy.

Jak daleko sięgały me zdolności optyczno-osfrantyczne, sam nie wiedziałem. — Może i wydoskonaliły się z wiekiem, chociaż wcale do tego nie przykładałem wagi. W każdym razie one to właśnie skłoniły mnie do przypuszczenia, że i poza wizją pięknej pani kryją się w istocie rzeczy ich odruchy.

Nieodwołalnie zdecydowałem się na przekroczenie muru; tylko obręb nim objęty mógł mi dać upragnione rozwiązanie ciemnej sprawy.

Nazajutrz po powzięciu postanowienia przyszedłem wcześniej nad ranem ze sznurową drabinką, zaopatrzoną u końca dwoma haczkami. Zarzuciwszy ten ruchomy pomost na szczyt muru, wdrapałem się nań z kolei sam.

Był szeroki na metr, że wygodnie stanąłem na blankach.

Pyszny widok uderzył me oczy po spojrzeniu w dół. Przestrzeń w obrębie muru piętrzyła się we wschodniej stronie kształtem wzgórza zarosłego w całej swej rozciągłości różami. W części południowej obniżonej, wznosiła się wytworna, parterowa willa. Klomby pełne kwiatów, zaciszne aleje, kobierce trawników, inspekty, cieplarnia — wypełniały resztę w całość marzennie uroczą.

Przeszedłem mur wzdłuż pod kątem prostym aż do węgła, szukając miejsca do opuszczenia się na drugą stronę. Na sąsiedniej ścianie od wnętrza dostrzegłem coś w rodzaju drzwi: więc było wejście, lecz zręcznie zamaskowane od zewnątrz. Tu zesunąłem się po drabinie na dół...

Stałem naprzeciw gościnnie otwartych podwoi willi. Znać wszystkie drzwi były rozwarte na przestrzał, bo daleko na drugim końcu, poprzez otwór krwawiły róże z ogrodu.

Zanurzyłem się w chłód pokoi. Zaraz u wstępu olśnił mię przepych. Urządzenie było stylowe, w guście średniowiecznym. Duże, gotyckie okna osadzone we framugach, mahoniowe krzesła z wysokiemi poręczami, ciężkie opony z aksamitu. Sale wielkie, wysoko sklepione; ze stropu podpartego arkadami zwisały kosztowne lampy olejne.

Przeważał ton ciemno-amarantowy. Ta barwa spływała od brokatowych obić ścian, nie tchnęły porozścielane wszędzie kobierce.

Witraże w komnacie, zdaje się przeznaczonej na salon, wcedzały w jej wnętrze różnobarwną rozetę, która rozwachlarzała się, jak tarcza na małych kością słoniową wykładanych organach. Klawiatura była otwarta. W srebrnych, kształtem kielicha rozwartych ramionach kandelabrów, tkwiły do połowy nadpalone świece, wkoło obsiadły je grube, łzawe grzyby, stężałe w białe stygmaty bólu: płacz gromnic.

Przeszedłem kolejno wszystkie pokoje. Wnętrze robiło wrażenie w pełnym toku przeciętego życia, momentalnego zastanowienia się: jak w baśni o śpiącej królewnie — brakowało, zda się, tylko pocałunku młodego królewicza, by znowu w ruch wprawić zazaklęty[2] snem pałac. Nawet czas stanął: zegary zdawna snać nie nakręcane, milczały głucho.

Spojrzałem na swój: wskazywał jedenastą rano. Znużony, wróciłem do sypialni. Nie wiem, czemu tu właśnie zapragnąłem odpocząć. Zapewne dlatego, że tu jeszcze najwięcej zastałem śladów przerwanego życia.

Usiadłem w fotelu, machinalnie biorąc do ręki jasną, kobiecą narzutkę, którą tam ktoś porzucił. Na posadzce, kilka kroków odemnie leżała chusteczka z koronek, podniosłem ją: doszła mnie delikatna woń perfumy. Może tej z flakonu na kominku? Podszedłem — był rzeczywiście napełniony do połowy jakimś płynem. Wylałem parę kropel na dłoń i syknąłem, jak poparzony. Czyżby trucizna? Wróciłem na fotel, nie wypuszczając z ręki narzutki. Byłem senny, oszołomiony atmosferą domu, działała narkotycznie jak napój z dawnych, baśniowych czasów. Oparłem głowę o poręcz fotelu i zadrzemałem...

Owładnęło mną uczucie zadomowienia się, wejścia w duszę mieszkania. Każdy przedmiot prawie szeptał mi tajne swe dzieje, zwierzał historyę miejsca. Przed oczyma memi zaczęła się rozgrywać jakaś mimiczna fecya bez słów, bez dźwięków.

Naraz rozsunęła się kotara od sąsiedniej sali i do pokoju weszła ona — piękna, jak zawsze i jak zawsze smutna.

Była wzburzona. Gwałtownym ruchem zdjęła atłasową narzutkę, okrywającą jej boskie ramionia i rzuciła ją na fotel, na którym siedziałem. Z wyrzutem zwróciła się w stronę, skąd przyszła; poruszenia ust wskazywały na to, że z kimś rozmawia, z kimś, co stał u wejścia. Lecz nie widziałem nikogo.

Rozmowa przybierała widocznie coraz draźliwszy charakter. Ruchy jej nabrały odcienia rozpaczy; widać gniew nie pomógł — uciekła się do prośby.

Wyciągnęła błagalnie swe cudne ręce i objęła niemi czyjąś szyję; lecz ręce odpadły pod brutalnem odepchnięciem. Więc rzuciła się kornie na kolana. Lecz oczy zdradzały beznadziejną rozpacz: nie

2 Błąd w druku; powinno być *zaklęty*.

wysłuchano jej. Wtem porwała się, jak śmiertelnie raniona i całem ciałem rzuciła naprzód; ręce, chcąc kogoś zatrzymać natrafiły na próżnię i upadła bezwładnie na posadzkę...

Minęła długa chwila. Wreszcie ociężale, z wysiłkiem dźwignęła się i podeszła do kominka. Z dłoni wysunęła się koronkowa chusteczka w miejscu, gdzie ją podniosłem. Była w tej chwili odwrócona do mnie plecyma, że nie mogłem poznać z ruchu rąk, co robi. Gdy zbliżyła się z kolei ku oknu, oczy jej świeciły suchym, szklanym wyrazem. Patrzyła na coś na palcu z rozdzierającym uśmiechem: opuszczona.

Przestała się uśmiechać i krokiem powolnym, krokiem dogarezzy wyszła z pokoju. Jeszcze raz mignęła jej królewska postać tam u drzwi ogrodowych, zalśniła szafirowa strzała we włosach i znikła wśród róż.

Obudziłem się. W oczy uderzył mnie silny blask. Był to refleks od szklanych ścian pomarańczarni, który przeszywszy okno pokoju, dosięgnął mnie w półmroku. Spuściłem wzrok ku dołowi i zauważyłem, że wciąż jeszcze mam w ręku narzutkę. Począłem się jej przyglądać ciekawie:

— Więc to był punkt wyjścia... Stąd zaczęła się retrospekcya... Aha! prawda — też chusteczka. Punkty wytyczne. No i ona... naturalnie — i wszystko, co dotyczyły jej osoby. Lecz kim była ta postać druga, niewidzialna? Mężczyzną niezawodnie... Przypomniały mi się odciski kopyt widziane pierwszego dnia. Poczynały się właśnie w tem miejscu muru, gdzie było zakryte wejście.

— Zatem to było wtedy... Może nawet parę chwil przed mem przybyciem...

Policzyłem dnie: od czasu rozpoczęcia słonecznej kuracyi upłynęło 7 dni. Popatrzyłem na kalendarz, stojący na biurku; nakręcono go raz ostatni 28 lipca, daty zgadzały się.

Opuściłem fotel i podążyłem w kierunku, w którym znikła. Po przejściu dwóch pokoi znalazłem się w ogrodzie u stóp różanego wzgórza. Wstępywało ku szczytowi w paru kolistych kondygnacyach, wyraźnie odciętych chodnikami, które okrążały je ślimakiem na każdym etapie. Z bijącem sercem zacząłem wspinać się na wierzchołek. Po drodze mijałem róże rozkwitłe w całej krasie, zionące upojną wonią z głębi zwojów, przechodziłem obojętnie koło posągów dłuta pierwszorzędnych rzeźbiarzy, umieszczonych u wstępu do nowego skrętu serpentyny. Na ścieżce, okręcającej przedostatnim pierścieniem pagórek przystanąłem, zapuszczając niecierpliwe spojrzenie na szczyt od dołu prawie zakryty na głucho gęstwą róż.

Dopiero teraz spostrzegłem, że jak przedmurzem okalały naturalną altaną z krzewów mirtu. W trzech jej ścianach powycinano otwory w kształcie okien, obciągnięte po brzegach błękitną ramą barwinku. Głęboka zieleń chłodnika zestrajała się harmonijnie z purpurą otoczenia.

Gdy zachwycony arcydziełem sztuki ogrodniczej zachodziłem ku wejściu do altany, nagle zajrzawszy dokładniej w najbliższe z okien, zadrżałem...

W ramach mirtu zarysowały się plecy i głowa kobiety. Krucze włosy były uczesane w grecki węzeł, szyję ujmował wysoki kołnierz białej, kaszmirowej sukni à la Marya Stuart. Twarzy stąd nie widziałem, gdyż była odwrócona w przeciwną stronę. Lekkie przechylenie wstecz smukłej kibici nadawało jej wygląd rozkosznego marzenia, zapatrzenia się w dal, cichej kontemplacyi południa. Nie chcąc przerywać, wstrzymałem się ośmielony... Gdy jednak przez dłuższy czas nie poruszyła się z miejsca, przemogłem się i przebywszy ostatni przegób wężownicy, stanąłem we wnętrzu altany.

Jedno spojrzenie w stronę nieznajomej wydarło mi z piersi okrzyk zgrozy. Na tle mirtów, wciśnięte w szerokie, trzcinowe krzesło z poręczami, siedziały zwłoki młodej kobiety w stadyum najwyższego rozkładu. Twarz o szlachetnym, podłużnym owalu przedrążyły wstrętne, wygniłe jamy. Na strupieszałym palcu lewej ręki, zwisłej z poręczy krzesła, rozrzucał mokre blaski szmaragdowy sygnet. Był otwarty; odchylone wieczko ukazywało wgłębienie wielkości naparstka: wnętrze było puste...

Dościgało południe. Rozżarzona cisza skwaru sączyła wokół leniwy napój omdlenia, pętała mózg, omotywała wolę. Ze wszech stron zionęły gorączką jakieś olbrzymie pracowite dusze... wstrzykiwały fale ognia opętane tłocznie. Jakieś straszne, spiekłe usta rozchyliły czarne wargi i pragną, pragną, pragną...

Szaleją róże, purpurowe róże...

A wśród orgii róż, wśród rozpusty róż ta duszna, trupia woń...

SZALONA ZAGRODA

W poblaskach stoję słonecznych, w strugach się pławię pokrwawia
— a wichry nademną tak smętnią, a wichry tak kwilą nad głową...

W step patrzę pusty, rozległy, w step patrzę, zielskiem zmącony —
a kruki się żalą nademną, a kruki nademną tak płaczą...

Samotny stoję w rumowiu, bezdomny ojciec bezdzietny — a
rozpacz po gruzach się tłucze, a rozpacz po szczerbach się słania...

Na kresach chmury się prężą, na skłonaeh[3] chmury się stalą — dym
płachtę zarzucił na oczy, w krtań więzgną, wrzynają się sadze...

. . . .

Wczoraj wróciłem z zakładu: nie jestem już szkodliwy. Niech i tak
będzie. Lecz przysięgam, że każdy na mem miejscu, w podobnych
okolicznościach doszedłby wkońcu tam, gdzie ja...
Nie jestem chory i nie byłem nim nigdy — nawet wtedy... tak...
nawet wtedy. To, co zrobiłem, wynikło nie z jakiegoś zboczenia,
lecz było konieczne, jak nimi są przejawy żywiołów, jak śmierć i
życie — wynikło ze środowiska z oczywistością niezachwianą. Nie
jestem i nie byłem nigdy psychopatą!
Natomiast byłem skończonym sceptykiem; nie przywiązywałem się
do żadnej zasady, czy doktryny — nie ulegałem nigdy suggestyi. Pod
tym względem stał ze mną na wprost przeciwnym biegunie mój
przyjaciel K., którego wówczas uważałem za człowieka niezwykle
przesądnego. Jego dziwaczne, niekiedy obłąkane poglądy i teorye
wzbudzały we mnie stale gwałtowną opozycyę, a stąd ustawiczne
spory, kończące się nieraz zerwaniem na czas dłuższy naszych
wzajemnych stosunków. — A jednak zdaje mi się — nie ze

---

3 Błąd w druku; powinno być *skłonach*.

wszystkiem się mylił. Przynajmniej jedno z jego zapatrywań na mnie się fatalnie spełniło. Może dlatego właśnie, że przeciw niemu najzawzięciej występowałem, jakgdyby przeczuwając, że mu posłużę za formę objawienia się.

K. utrzymywał, że w pewnych miejscach muszą się odbyć pewne rzeczy; innemi słowy, że są pewne miejsca, których charakter, natura, dusza oczekuje spełnienia się wypadków, zdarzeń z niemi związanych. Nazywał to „stylową konsekwencyą", chociaż czułem w tem wszystkiem pierwiastek panteistyczny. Cokolwiekbądź jeszcze pod tem rozumiał, nie zgadzałem się z zapatrywaniem podobnego rodzaju, unikając wszelkiego choćby cienia tajemniczości.

Myśl ta przecież nie dawała mi spokoju, a chęć wykazania jej bezpodstawności nęciła nawet po rozstaniu z K., z którym się już więcej nie spotkałem w życiu. Niedługo potem miałem zaspokoić moją ciekawość. — Stało się... i wyszedłem stamtąd w mym trzydziestym roku życia osiwiały, jak starzec i złamany na zawsze. Włosy mi się jeżą na wspomnienie tej chwili strasznej, niezapomnianej, co zdruzgotała mnie doszczętnie.

I nie wiem, czemu jeszcze żyję i na co i że wogóle po tem żyć mogę. Bo w pokutę nie wierzę; zresztą nie czuję się winnym...

Choć krwawo słońce zachodzi i szkarłat na głowę mi bluzga — nie czuję się katem...

Tylko za długa agonia, zbyt się pastwi nademną.

Choć pod wspomnieniem arterye tężeją, a w mózgu przewalają się kałuże krwi — czyste mam czoło i trupio-blade ręce...

Tylko zbyt się odwleka mój koniec i za jasno wszystko rozumiem, za bystro... Dziwnie jakoś zaostrzyła mi się uwaga. Chłodny jestem jak stal i jak stal wrzynam się we własne tętnice...

A słońce gra, a słońce purpurą obrzuca...

Ociekam krwią, serdeczną krwią...

Byłem ojcem dwojga dziatek, naszych biednych dziatek. — Agnes kochała je do szaleństwa, więcej może niż mnie. I porzuciła, przedwcześnie. Zmarła parę lat po przyjściu na świat młodszej dziewczynki.

Agnes moja! moja słodka Agnes...

Śmierć ta rozstroiła mnie bardzo. Nie mogąc uspokoić się jednostajnym trybem życia, zacząłem podróżować wraz z dziećmi, które mi były jedyną osłodą tych czasów. Dla oderwania myśli od bolesnych wspomnień, czytałem dużo, przerzucając się kolejno w tematy najrozmaitsze, od najbardziej wyuzdanych i brutalnych do pełnych mistycyzmu i symboliki. Przytem nie zapomniałem o K. i jego teoryach.

Pewnego razu zatrzymaliśmy się na czas dłuższy w mieście * w zamiarze spędzenia tu miesięcy jesiennych. Samo miasto z cechami typowemi większych środowisk kultury i pełnym nerwem stolicy przedstawiało dla mnie najwyższy urok, przez swe piękne okolice. Do jednej z nich wybrałem się z dziećmi dorożką w pogodną, sierpniową niedzielę. Wypadłszy poza obręb miasta, przesunął się pojazd między dwoma szeregami topól, przeciął tor kolejowy i pomknął między pola. Byliśmy już pół mili za miastem, gdy po prawej stronie gościńca, nieco w głębi, na pustkowiu zwróciła mą uwagę dość dziwaczna na pierwszy rzut oka budowla samotnie wzniesiona pośród zaniedbanego sadu i zupełnie niezamieszkała. Zatrzymałem dorożkę i sam poszedłem oglądać budynek.

Gdy zaciekawiony począłem rozpatrywać szczegóły, nagle z poza stosu rumowia przed chatą wysunęła się zawiędła starucha i z lękiem przypadłszy do mnie szepnęła:

— Panie, rzućcie ten dom, póki pora, rzućcie, jeśli wam Bóg i dusza miła!

Poczem spiesznie rzuciła się w bok i znikła w burzanach.

Zajście to zaostrzyło tylko moją ciekawość i podnieciło chęć rozwiązania zagadki, jeśli wogóle można tu było o czemś podobnem mówić. Po powrocie do domu miałem już plan gotowy: postanowiłem bezzwłocznie sprowadzić się do opustoszałej zagrody. Wydała mi się jakby stworzoną do sprawdzenia wywodów mego ekscentrycznego przyjaciela; jeżeli miały jaką rację bytu, to tu powinny ją ujawnić. Uderzyła mnie mianowicie wspomniana scena przy ruderze, jako też niektóre szczegóły miejsca, zgodne z tem, co niegdyś słyszałem od K.

Co do sceptycyzmu, ten nie zmniejszył się bynajmniej; zachowywałem też chłodną rezerwę badacza-niedowiarka. Później dopiero miałem z roli obserwatora przejść w czynną; lecz to nastąpiło potem i bez mej świadomości.

Tymczasem pokusa była za wielka, żeby się jej módz oprzeć i nazajutrz zaopatrzony we wszystko sprowadziłem się z dziećmi do ustronnego domostwa. Co mnie na wstępie zdziwiło, to okoliczność, że gdy chciałem się w sprawie wynajmu porozumieć z gminą, nie robiono mi najmniejszych trudności i pozwolono zamieszkać za śmiesznie małą cenę. Swobodę miałem najzupełniejszą i nie potrzebowałem obawiać się przyszpiegów wsi, gdyż ludzie sami wymijali z daleka mą siedzibę i nieraz widziałem, jak przechodząc mimo, żegnali się zabobonnie. Tak więc całymi tygodniami nie widziałem ludzkiej twarzy, chyba gdy kto przejeżdżał traktem, co się jednak zdarzało rzadko, bo ruch na tej linii od kilku lat osłabł znacznie i przeniósł się o parę wiorst na zachód. Zacząłem więc obserwacyę.

Przedewszystkiem zastanawiała sama zagroda. Budowa jej na pozór niczem nie różniła się od zwykłych domostw, jakie spotyka się na przedmieściach lub przydrożnych zajazdach, a przecież...

Skutkiem szczególnego zestawienia proporcyi zdawało się coraz to bardziej zwężać ku dołowi — tak, że podstawa w porównaniu ze szczytem była zadziwiająco mała i wątła; dach z górną częścią wprost przygniatał podwaliny. Całość dawała się przyrównać do chorobliwie rozwiniętego organizmu ludzkiego, który ugina się pod ciężarem anormalnego wybujania głowy.

Konstrukcya ta nadawała domowi charakter czegoś brutalnego, jakiegoś znęcania się silniejszego nad słabszym.

Nigdy nie umiałem sobie wytłómaczyć, jak mogła powstać i utrzymać się tego rodzaju budowa.

Podobne wrażenie robiły okna w stosunku do ścian znikająco małe; wciśnięte w grube mury gubiły się niemal w ich okropnym uścisku. Tak przynajmniej wyglądało to zewnątrz, chociaż, jak się z czasem przekonałem, nie były tak wązkie w rzeczywistości, a przepuszczały tyle światła, ile w zwykłych warunkach okna znacznie większe.

Do tego przyłączył się drapieżny wygląd rudery skażonej mnóstwem dziur i wyżłobień; wyglądające z nich cegły pokrywały mury niby pryszczami zakrzepłej posoki, obryzgującej ściany.

Nie mniej przykro przedstawiało się wnętrze. Złożone z trzech izb pełne było szpar i przepuklin, przez które wnęcał się swobodnie wiatr, wpadał do wpółzawalonego paleniska, wykręcał resztki popiołów i tłukł się w dymniku.

Najdziwaczniejszą jednak okazała się izba narożna, gdzie przeważnie przebywałem.

Liszaje powstałe w jednej ze ścian po oderwaniu się tynku utworzyły zagadkową figurę.

Zrazu nie umiałem uchwycić jej należycie; przerysowałem więc zwolna na papierze i oto przedstawił mi się dość dziwny obraz, czy raczej jego fragment.

U spodu ściany tuż nad podłogą odciskały się kontury nóg

dziecięcych; jedna zgięta w kolanie opierała się końcem stopy o drugą, sztywnie wyprężoną ku ziemi. Tułów przechylony wstecz, dochodził mniej-więcej do piersi — reszty brakło.

Małe, wątłe ramiona wznosiły się w górę ruchem bezsilnej samoobrony.

Całość mogąca wyobrażać ciało kilkuletniego chłopca, tchnęła bezwładem zwłok.

Nieco wyżej ponad tem, a w kierunku nieistniejącej głowy, widniało dwoje rąk, kurczowo zaciśniętych około czego — niewiadomo; przestrzeń między palcami była pusta. Lecz ręce te należały do kogoś innego: były znacznie większe i żylaste. Do kogo — obraz nie wskazywał, bo urywały się już poniżej łokcia i zatracały gdzieś na białem tle ściany.

Obraz ten jak i cała izba miewała w słoneczne dnie swe specyalne oświetlenie. Promienie wpadając przez okna, załamywały się w taki sposób, że światło rozszczepione w krwiste okola oblewało jeden ze słupców przyciesi; zdawało się wtedy, że ściekają zeń grube krople krwi i rozwodzą w kałużę u spodu.

Tłómaczyłem sobie to niezbyt przyjemne zjawisko prawami optyki i szczególnym składem chemicznym szkła w szybach zresztą białych i nieskażenie przeźroczystych.

Zbadawszy samo siedlisko, przeszedłem w sad, czy ogród, stanowiący z niem jedną, nierozłączną, a stylową całość.

Był bardzo stary i zapuszczony. Od lat wielu rozplenione chaszcze ujmowały go zewnątrz zwartym żywopłotem, strzegąc zazdrośnie tajemnicy wnętrza. Wśród chorobliwie wybujałych trawisk i dziędzierżawy butwiały smukłe, przedwcześnie zmarniałe pnie młodych drzewin. Obaliły je nie wiatry, nie mające tu przystępu, lecz powolne, zjadliwe wysysanie im żywotnych soków przez starsze drzewa. To też wyschły jak szkielety z liśćmi o suchotniczych wypryskach. Inne, których nie dosięgły jeszcze sturamienne ssawki olbrzymów, marły w cieniu, przesłonione tak brutalnym przerostem.

W jednem miejscu wychyliła się młoda olcha z poza prząseł sąsiedniego dębu i z tęsknotą wyzwolin nurzała się w słońcu; wtedy dognał ją muskularnym konarem, wpoił się w miękką jeszcze rdzeń i przedarł na drugą stronę; strzępami zwisły wywleczone nerwy, w gwałtownym skurczu poskręcały się włókna i słoje. Odtąd poczęła usychać...

Ówdzie wargate huby obsiadły latorośle w jadowitych pocałunkach i chłonęły ich mlecz z zapamiętaniem. Jakieś ohydne, krwawo nabiegłe pasożyty omotywały nieletnie pnie i dusiły je, dławiąc. Wydłużone paroście jaworów wspierały swój ciężar na ledwo rozrosłych szczepach i przygniatały je ku ziemi; pod nadmiernym naporem gięły się smutno ku podglebiu, lub wyradzały w potwornie śmieszne karły...

W sadzie nigdy nie zalegała cisza. Wieczne jakieś kwilenia, wieczne mąciły ją jęki. Ptactwo czegoś nieswoje przykrym zgiełkiem zawodziło po krzewach, błąkało się po gałęziach, tuliło po dziupłach. Czasem wszczynały się piekielne gonitwy po całym ogrodzie, gdzie zapanowywała groza walki na śmierć i życie. To rodzice ścigali swe młode; biedne, nieprzywykłe do lotu pisklęta, tłukły się w daremnym wysiłku o pnie, łamały skrzydła, rozdzierały pierze, póki znużone, pokrwawione nie obsunęły się na ziemię; prześladowcy uderzali z góry dzióbami tak długo, aż z rozszarpanych zwłok nie pozostało ani śladu.

Dziwny ten sad przejmował instynktownym strachem dzieci moje, gdyż unikały go, poprzestając na zabawie przed chatą. Ja, przeciwnie — prawie zeń nie wychodziłem, badając jego zwyrodniałe objawy, wżerając się coraz głębiej w jego tajniki. I nie wiadomo, jak niespostrzeżenie dałem się wciągnąć w zaklęte koło, wpleść w mrowisko zbrodni i obłędu. Procesu duchowego, jaki się we mnie odbywał, nie zdołałem śledzić — wszystko zaszło prawie nieświadomie. Dziś dopiero, drogą niezrozumiałej dla mnie anamnezy odtwarzam sobie najsubtelniejsze jego stadya.

Początkowo była mi atmosfera zagrody i jej otoczenia tak wstrętną, że gdyby nie chęć wyświecenia prawdy, byłbym ją chętnie opuścił. Z biegiem czasu przyzwyczaiłem się do środowiska, a nawet stało mi się ono niezbędne: spoufaliłem się. Miejsce zaczęło przetwarzać mnie na swój ton i uległem prawu, które nazwałbym „psychiczną mimicry": dostroiłem się do tła. Pozwoliłem się zbrutalizować. Przekształcenie zaznaczyło się dobitnie w sympatyi, jaką po pewnym czasie zacząłem uczuwać dla pierwiastka przemocy i gwałtu, przeglądającego w charakterze zagrody i tego, co się dokoła niej działo. Stałem się złym i złośliwym. Z rozkoszą łobuza pomagałem ptakom tępić potomstwo, drzewom znęcać się nad latoroślami. Inteligencya ludzka stępiała podówczas w przerażający sposób i przeszła w chęć bezmyślnego niszczenia.

Tak mijały miesiące, a szał mój wzrastał tylko i przybierał coraz to wyuzdańsze formy. Razem ze mną jednak jakby i całe otoczenie postępywało w szaleństwie, jakby spodziewało się bliskiego rozwiązania. Musiałem i ja to przeczuć, bo przypominam sobie, jak pod koniec godzinami całemi wpatrywałem się w chimeryczny fragment na ścianie i w jego uzupełnieniu oczekiwałem klucza do zagadki. Albowiem w końcu wiedziałem tylko to, że mam coś wyjaśnić — z tego, co się ze mną działo, nie zdawałem sobie sprawy. Równolegle z tymi przejawami zmieniał się dziko mój stosunek do dzieci. Nie mogę powiedzieć, żebym je przestał kochać — przeciwnie; lecz miłość ta przerodziła się w coś potwornego, w rozkosz pastwienia się nad przedmiotem swych uczuć: począłem bić dzieci moje.

Przerażone, zdziwione surowością dotąd łagodnego ojca, uciekały przedemną kryjąc się po kątach. Pamiętam te biedne, jasne oczęta zalane łzami, z cichą skargą w głębi. Raz jeden ocknąłem się. Było to wtedy, gdy mój mały, mój biedy synek wśród razów wyjęknął:

— Tato... dlaczego mnie bijesz?

Zaniosłem się od płaczu, lecz nazajutrz powtórzyło się to samo...

Pewnego dnia wstałem znacznie spokojniejszy, niż przedtem i jakby odrodzony po długim gorączkowym śnie. Jasno zrozumiałem położenie, dłużej pozostawać na tem odludziu byłoby rzeczą niebezpieczną i dlatego postanowiłem nazajutrz opuścić je na zawsze, rezygnując z dalszych dociekań. Był to ostatni odruch woli.

Tego wieczora w przeddzień odjazdu siedziałem z dziećmi w izbie, wszyscy troje z zadumą patrząc przez okna na zachód, co po łanach się położył.

Był krwawy i smutny. Miedziane smugi światła jesiennego leżały na polach żałobą agonii, zimne, przejęte chłodem nocy, bezsilne... W sadzie zacichło nagle, szemrały nasennie jesiony, ćwierkały świerszcze... Zaparło dech światu. Chwila naprężenia...

Leniwym przerzutem zwracam spojrzenie na kaprys ściany.

— Trzeba to uzupełnić... uzupełnić.

Ogarnia mnie czułość. Jestem dobry i łez pełen.

— Jerzy! — pójdź tu dziecię!...

Usiada mi na kolanach ufny, wdzięczny... Musiał odczuć szczerość w głosie... Moje ręce gładzą jasną główkę syna, zwolna obejmując szyję...

— Tato!... nie ściskaj tak mocno! Ta-a-t...

Zacharczał...

Drugie dziecko z przestrachem szybko biegnie ku drzwiom...

— Ucieknie ci...

Rzucam trupa Jerzego, doganiam córkę i jednem uderzeniem roztrzaskuję jej głowę o belkę...

Krew zmieszała się z purpurą słońca.

Tępo patrzę pod ścianę, gdzie leży syn mój: zda się przywarł do obrazu i uzupełnił go z największą dokładnością, na cal się nie wysunął poza linię.

A w rękach nie zaciśniętych już więcej koło próżni, lecz miażdżących mu szyję, poznałem... moje własne...

Karawana obłędnych myśli przeciągnęła ze szczękiem, zachrzęściła szkieletami trupów i szczezła w zawieji...

. . . .

. . . .

Problemat zagrody był rozwiązany.

PO STYCZNEJ

Wrzecki wyszedł z domu o trzeciej po południu.

Przedsięwziął dłuższą przechadzkę po mieście, by wśród bezcelowego błąkania się po ulicach, przekradania pomiędzy domami zagłuszyć katującą go od miesiąca zmorę myśli, przeciąć pasmo syllogizmów, uparcie rozciągających na torturach biedny mózg neurastenika.

Był rozstrojony do niemożliwości i wrażliwy na najdrobniejsze szczegóły życia wewnętrznego. Przed pół rokiem przebył ciężką chorobę umysłową, która rzuciła na gangliony niezatarte ślady swego przebiegu, jak odpływ pozostawia na nadbrzeżnych ławicach wywleczone morszczyny. Rozgałęziły mu się warstwą przybylczą, zrazu obcą, pasożytną, by po jakimś czasie włączyć się jako organiczne ogniwo i wytworzyć nowe skojarzenia i związki.

Dawniej trochę bezładny w myśleniu, zaczął teraz rozumować z bezprzykładną logicznością aż do męczarni, kształtować całe szeregi najnieprawdopodobniejszych teoryi i teoryjek i poddawać się ich suggestywnej pseudo-oczywistości.

Wytworzył się tu pewien rodzaj wyobrażeń musowych, imperatywnych, którym nie uledz było dlań niemożliwością.

Bez wątpienia przyczyniły się do tego w znacznej mierze zarodki czegoś podobnego już z lat dzieciństwa. Podłoże ich było wtedy religijno-mistyczne. Niespełnienie np. jakiejś błahej czynności, niewykonanie jakiegoś gestu i t. p. groziło mu ściągnięciem na się kary bożej, potępienia i przeróżnych nieszczęść.

Samodręczycielstwo to wprawiało go czasami w rozpacz bez granic, gdyż skuty przesądną obawą, umys⁴ dziecka nie znachodził nigdzie wyjścia z katowni. W miarę rozwoju inteligencyi, obłęd mijał. Po przesileniu się nieszczęsnej choroby mózgu powrócił chociaż w zmienionych znacznie kształtach.

Począł snuć z lodową logiką dzikie poglądy, układać szaleńcze teorematy i wypatrywać, czy przypadkiem nie znachodzą

---

4 błąd w druku — *umysł.*

sprawdzianu w życiu go otaczającem. Najsłabszy choćby cień czegoś w tym rodzaju, nabierał w rozwydrzonej wyobraźni rysów pełnych, nasyconych i zniewalał go do poddawania się wnioskom stąd zajadle logicznym.

Doznawał dziwnej rozkoszy, ilekroć zdawało mu się, że jego „systematy" zdradzają jaką taką racyę bytu.

Niemniej jednak zaznaczyć należy szczegół charakterystyczny, który poniekąd usprawiedliwiał go w niektórych wypadkach: istotnie zdarzały się nieraz okoliczności tego rodzaju, że dostarczały mu tworzywa dowodowego; życie jakby siliło się umotywować bieg myślowy szczególnego osobnika. Lecz tu zaczyna się rozwiewna rubież słońca i nocy, jasności i mroków, grunt niepewny, torfiasty, wiecznie dymiący oparami, odurzający czadem. — Czy Wrzecki był obłąkańcem? Czy Wrzecki miał słuszność? — Może i jedno i drugie. Dylemat bez wyjścia.

W gleczerach bytu nieci słońce skrwawe ognie,
Iglice szczytów dyszą krwią...
Gleczery bytu kwefy mgieł stuliły.
Na cyplach ćmi się noc...
Czy prawdą mgły, czy krew?
I z słońca mgły się rodzą...

. . . .

Wrzecki już od godziny przecinał przecznice, krążył po najludniejszych placach, chodnikach, wystawał przed sklepami, czepiając się szklanym wzrokiem krzykliwych barw i kształtów...

Dzień był jesienny, przeniknięty srzeżogą dymów, wilgocią dżdżu. Z rozchwiei mgieł wysnuwały się jakieś twarze widmowe, maski zagadek, zacięte usta symbolów. Zdawało mu się, że każda z nich patrzy weń ze szczególnym wyrazem, jakby porozumiewawczo, z sennie-nudnym grymasem, poza którym kryła się świadomość prawdy wspólnej, tak dobrze obojgu im znanej, że się nawet niema co silić na jej podkreślanie.

Znużyły go twarze: przeszedł na odludną ulicę.

Była wypełniona po brzegi mlecznemi złożami oparów. Szedł ostrożnie, by nie natknąć na latarnię. Po pewnym czasie uczuł na plecach czyjąś rękę:

— Servus Władek!

— A! to ty!... Nie poznałem — ale bo mgła zakuta!

Wrzecki serdecznie ściskał podaną mu dłoń.

— Dokąd?

— Do prosektoryum.

— A! do trupiarenki, operacyjka? Krajanie nieboszczyka? Co?

— Coś w tym rodzaju.

— Co to za cenny szpargał w kieszeni?

— Rzecz dość ciekawa: „O samozatruciu u wężów". Problem zajmujący. Kto wie — może i tam bywają tragedye?...

— Hm! Rzeczywiście. Ale ty się widocznie śpieszysz. Do miłego zatem!

Pożegnali się. — Wrecki już miał skręcić w prawo, gdy w tem dogonił go kolega-medyk.

— Ale, ale. Korzystaj ze sposobności, dopóki cię znów nie napadnie mania ślęczenia tygodniami w domu. Mon cher, radzę ci przejść się po wystawie. Oto akcya. Pyszne rzeczy, na honor! Parę niezrównanych szkiców i pejzaży i nasz stary w gronie asystentów: wściekła gęba! Wszyscyśmy pochwyceni jak złodzieje na gorącym uczynku. Setny chłop! No, servus!

Wsunąwszy mu w rękę akcyę, szybko oddalił się.

Wrzecki machinalne zawrócił w stronę wystawy. Po jakimś czasie wynurzyło się pytanie:

— Co też mu zależało na tem, bym oglądnął obrazy? Także!...

W chwilę później zastanowiła go własna ciekawość co do owych papierów, wyzierających z paltota młodego eskulapa.

— A przecież, gdybym się nie był zapytał, nie dowiedziałbym się tytułu rozprawki. Cóż mnie to znowu tak zajęło?

Obok mignęło w przechodzie jak przez sen dwóch mężczyzn o czemś żywo rozprawiających. Doleciał go urywek dyalogu.

— Ależ na miłość boską nie wiadomy panu powód szalonego?

— Owszem, mówią, że pojedynek amerykański! Wyciągnął podobno czarną...

Resztę zgłuszył turkot przejeżdżającego wozu, wchłonęła mgła.

— Przecież to skończony idyotyzm zdawać się na takie rozstrzygnięcie sprawy — pomyślał.

Uczuł się bardzo znużonym: nerwowy ból głowy dokuczał mu nieznośnie. Usiadł na ławce pobliskiego skweru, wyjął papierosa i zapalił. Miejsce było zaciszne, w około przekwitających krzaków róż jesiennych. Drobne, herbaciane płatki, spadłszy z pąkowia, zatrzymały się tu i ówdzie na gałązkach, lub rozsypały na trawniku w bezładny ornament. Na prętach dumały łzawo krople mgły;

zarysowywał się wązki, przejrzysty pasek, opijał wodą, pęczniał, wahał się, by wreszcie stoczyć się wyraźnym kształtem kuli. Coś podchodziło kryjowym ruchem do świadomości, wkradało się coraz dokładniej, natarczywiej... skrystalizowało się.

Zastanówmy się. Czyś nie zauważył momentu wspólnego między spotkaniem z Brzegotą a fragmentem posłyszanej rozmowy? Aha! jesteśmy na tropie. Samozatrucie u wężów i następstwa wyciągnięcia czarnej gałki. Wybornie! Zachwycająco! Punkty zdradzają stylizacyę; możemy je połączyć.

Wrzecki był w wyśmienitym humorze: zwietrzył materyał dowodowy dla jednej ze swych „teoryi". Specyalny zapał do matematyki nie pozostał i tu bez wpływu na sposób jej ukształtowania.

Wychodząc ze systemu planetarnego, przedstawił sobie graficznie bieg życia rozmaitych jednostek i zdarzeń jako wydłużone elipsy, po których dany osobnik krążył na sposób punktu matematycznego. Linie te stanowiły dla siebie zwarte całości, ze swoistą organizacyą, ideą, planem, wyłączną konstrukcyą. Elipsy te jak stosunki ludzkie musiały się oczywiście wzajemnie krzyżować, przecinać w najprzeróżniejszych kombinacyach, oddziaływując na się odpowiednio do zgrupowania jednoplanowego; wszystkie bowiem musiały rozpościerać swe skręty li tylko w jednej płaszczyźnie. Elipsy o kierunkach wichrowatych jako wyobrażenia zdarzeń i życiowego biegu jednostek, zupełnie się wzajemnie stykających, nie znachodziły punktów przecięcia. Wśród tej zawiłej sieci spostrzegł jednak Wrzecki, że krzywizny mogą się tak ustawić punktami największego rozmachu, że da się przez nie przeprowadzić linia prosta. Będzie nią styczna do elips łącząca ich kończyny poza obrębem pól. Linia chwilowych pozycyi, które w najbliższym momencie mają się zmienić na inne, konsekwentne z poprzedniemi, pogonić dalej w obranym kierunku własnego ustroju, a przecież w tej jednej chwili służą za punkty oparcia nieubłaganej prostej! Linia zupełnie przypadkowych zdarzeń, śmiesznie bezcelowych zestawień, dziwacznych do bezsensu zbiegów okoliczności.

A jednak Wrzeckiemu przedstawiała się sprawa nieco inaczej: nauczył się dostrzegać pewną stylizacyę w doborze punktów największych wychyleń. Widział coś więcej poza przypadkowością zszeregowań. Wedle niego można tu było wyśledzić specyalny związek, mający na celu coś wskazać, coś odkryć, spełnić jakąś przeznaczeniową rolę wobec tego, czyją uwagę uderzyła wyjątkowa linia. Dotąd Wrzecki pozostawał ciągle w sferze teoryi: rozumował. Nie natknął jeszcze na swą styczną w rzeczywistości, chociaż wierzył w możliwość jej realnego istnienia. Życie jego wirowało ciągle jeszcze jak u innych po normalnej elipsie, ulegało cierpliwie dośrodkowym siłom przeciętnych zdarzeń, nie wzbudzającej podejrzeń wynikliwości wypadków, psychologicznych lub mechanicznych następstw. Niemniej był gotów w każdej chwili, za najmniejszem potrąceniem z zewnątrz, wypaść z toru i podążyć z fatalną szybkością po zabłąkanej koleinie; przeczuwał, że wtedy odśrodkowe działanie weźmie nad nim stanowczo górę i popchnie go, jak koło wyślizłe z pasów transmisyi, w zawrotne dale. Powlókłby go tam urok niezwykłości i pochlebne sprawdzenie teoryi — a może... przeznaczenie. Wrzecki był czcicielem rzeczy tajemnych...

Gdzie mogła zaprowadzić przypuszczalna droga, nie wiedział. Zależałoby to od rodzaju jej punktów wytycznych. W tej chwili miał wrażenie, że poczyna zbaczać; wywnioskował to z dwóch poprzednich zajść u wstępu do przechadzki. Ciemna siła wytrącała go powoli z przypisanego obiegu i pchała prosto przed siebie. Dokąd — jeszcze nie przeczuwał. Koniec stycznej ginął w nieprzejrzanych obszarsch[5] perspektywy. A może się tylko przedwcześnie łudził? Może skrzywienia tak przecież zbliżone do prostej. — Postanowił być cierpliwym i czekać.

Powstał z ławki i ruszył ku gmachowi sztuk pięknych. Po drodze uzupełniał ostatnie wywody.

— Sprecyzujmy fakta. Obok ideowej ich łączności, występują teraz dość wyraźnie okoliczności uboczne. Biegnie tu właściwie podwójna linia więźby. Po co namawiał mnie Brzegota do zwiedzenia wystawy? Widocznie na to, by mię skierować na ulicę, gdzie miałem spotkać tych dwu nieznajomych. Gdybym był poszedł swoją drogą, uniknąłbym spotkania. Oczywista! Ależ mogłeś dojść do galeryi przez plac Zgody! Nie! W takim razie musiałbym się cofnąć bez potrzeby i dużo drogi nałożyć. Nie! Stanowczo należało skręcić w tę stronę. To jasne; stamtąd ta droga była jedyną. A więc Brzegota wprost popchnął mnie w objęcia tych panów. Kropka! Związek wykazowy. Zatem dobrze. Lecz jak u licha mnie to wszystko dotyczy? Do czego zmierza? — Spokojnie, tylko spokojnie! Rzecz się

---

5 błąd w druku — *obszarach*.

wyjaśni.

Przyspieszył kroku. — Zdenerwowanie i naprężona niepewność ujęły go w zwarte kluby. Jakiś ochrypły głos przerwał tok dalszego rozumowania: po chodniku zataczał się pijany wyrobnik. Wrzecki chciał go wyminąć, lecz w tym momencie ujrzał przed sobą obrzękłą twarz i mdły obrzask alkoholu uderzył go w nozdrza. Człowiek wytrzeszczył nań krwią zaszłe białka i jakiś czas wpatrywał się z bezmyślną zadumą opoja. Nagle oczy jego przybrały wyraz piekielnego przerażenia; odsunął się gwałtownie i zaczął bełkotać na pół otrzeźwiony:

— Walek! Chryste Boże! A ty tu co robisz? Ludzi po dniu straszysz? Szczezaj maro!

— Tylko bez głupstw! Proszę mi zejść z oczu, bo wezwę stójkę! No! Słyszał!

Na dźwięk ludzkiego głosu pijak oprzytomniał zupełnie.

— No, niech się pan ta nie gniewa. Niema czego. Sumiennie mówię, nie ma czego. Przywidziało mi się. Zwyczajnie przy niedzieli człek troszkę schlany. Ale bo też panisko podobniusieńki, jak dwie krople wody, do Walka. Jeno, że z pańska ubrany, no, i kapkę gładszy. A to chłopisko całe życie łaziło w łachmanach. Dalibóg! tak samusieńko wyglądał z pyska, jak go oderznęli z haka. Widzi pan — powiesiła się bestya z głodu.

Wrzeckiemu zrobiło się nieswojo. Chciał już zboczyć w sąsiedni pasaż, lecz zarobnik, zmierzający snać w tymże kierunku, począł go prosić z uporem pijaka:

— Niechże pan z łaski swojej nie idzie za mną w te pędy. Tak mi głupio jakoś, jakbym śmierć miał na karku. Lepiej już rozejdźmy się. O! tędy wolna droga... i przepuścił go mimo w wązki zaułek, o parę kroków dalej. By się pozbyć natręta, ustąpił. Robotnik zanurzył się w podsienia przechodniej bramy.

— Popędził po swojej elipsie — mruknął odruchowo Wrzecki. — Podążył wyznaczonym sobie ściegiem. Dla niego to tylko nic nie znaczący epizod. Nawet nie domyśla się swej roli w ubiegłej sekundzie.

Otarł czoło; było zlane zimnym potem. Obudził się instynkt samozachowawczy.

— Sprawa zaczyna być zanadto wyraźną, znaki rzucają się na spotkanie ze zbyt szczerem wylaniem.

Na mgnienie oka zabłysnął mu w oślepiającej jasności koniec opętańczej linii. Lecz starał się zgasić wizyę wywodem:

— Ależ to mnie nie dotyczy! I cóż stąd, że się temu pijanemu łazędze przewidział we mnie jakiś tam wisielec? To stanowczo mnie nic nie obchodzi, zawsze miałem wstręt do podobnej śmierci. Wkrótce jednak uznał niedostateczność racyi i przeciągnął linię po punkt trzeci. Był niemal zrezygnowany i dawał się powoli zasugestyonowywać nowo odkrytej drodze. Wśród tego nie uszło jego czujnej uwagi, że właściwie nie może już zwiedzić wystawy, bo zboczył, poddając się uporowi pijaka. Umocnił się tedy w przekonaniu, że w samej rzeczy nie chodziło bynajmniej o to, by podziwiał imponującą grupę młodych lekarzy z obrazu, lecz by umożliwić mu dwa najbliższe spotkania; gdy te przyszły do skutku, potrącono go znowu w innym kierunku. — Przeźrocze szale motały się na przyczołach kamienic, wieszały w wykrojach nieba między dachami.

Przez wątłą ich tkaninę wnikały w parowy ulic lśnienia słońca nieśmiałe, zmatowane.

— To szczególne! Właśnie teraz, gdy i sprawa zaczyna nabierać plastyki konturów. Czyżby i to pozostawało w związku?

Dostał nerwowej drgawki koło powiek. Nogi poczęły wykonywać niezależne już od woli powiewne ruchy; przed oczyma ćmiły się wiotkie szare płaty. Z trudem dowlókł się do odkrytej werandy jakiejś kawiarni i ciężko obsunął się na kozetkę. Podano mu dzienniki i czarną kawę. Wychylił szklankę łapczywie i wgłębił się we wstępnym artykule *Figara*. Coś mu przeszkadzało, nie mógł czytać swobodnie. Parę razy już odwrócił głowę i kręcił się niespokojnie na miejscu, daremnie usiłując otrząsnąć się. Wyczuwał nerwami czyjś wzrok na sobie. Wreszcie otwarcie zwrócił oczy w stronę, skąd go niepokojono. Dopiero teraz spostrzegł za stolikiem na prawo starszego już mężczyznę w żółtawym haweloku, z szyją owiniętą szczelnie almawiwą, który znać już od dłuższego czasu przypatrywał mu się z obrażającą ciekawością. Fizyognomia nieznajomego łączyła w dziwnej zgodzie sympatyczność z oryginalnością. Pomarszczona wyżółkła jak pergamin twarz, z szerokiemi ustami, bez śladu zarostu, była stale nieruchoma jak maska starożytnego aktora: skóra na skroniach jakby przyschła do kości, które pod światło połyskiwały trupio-matowem lśnieniem. Wyglądał na uczonego podczas obserwacyi dokonywanej na ciekawym okazie. Z pod krzaczastych brwi wyzierały oczy specyalnej, zielonawo-złotej barwy; tysiące fosforyzujących igiełek drgało tam szybkozmiennym ruchem jak w iskierniku bateryi, nadając źrenicy wyrazu świetlanej przenikliwości; oczy te wżerały się literalnie w ciało i przepatrywały je nawskroś do najdrobniejszego włókienka.

Wrzecki zauważył, że nieznajomy nie patrzy mu w oczy, lecz studyuje raczej jego głowę na poziomie czoła. Już chciał podnieść się i zażądać wytłómaczenia od natręta, gdy ten wyprzedził go i wstawszy od stołu, począł krok za krokiem zbliżać się ku niemu, nie spuszczając oka z obranego punktu na czaszce. Wreszcie zatrzymał się tuż przed Wrzeckim i odezwał:

— Winszuję, serdecznie winszuję! To było celnie, co się zowie! Pi, pi, pi! I gdzie trafione! W sam ośrodek wzroku — po przejściu przez wyrostek szyszkowy. Panie — to było arcydzieło w swoim rodzaju! No — przyznaj się pan — oślepłeś na dobre! Ho, ho, ho! Co widzę? Krupp et Compagnie! Średnica 9 mm., płaszcz stalowy prima-sorta. — No, no, winszuję — w centrum wzroku, ni na milimetr w bok...

Wrzecki nie rozumiał. Był tylko silnie podrażniony dziwaczną przygodą — tem bardziej, że zwróciła uwagę gości, których grupa otoczyła jego tabletkę. Wreszcie wykrztusił dławionym przez wściekłość głosem:

— Garson! Uwolnić mnie od tego waryata!

Lecz rozkaz okazał się zbytecznym. Nieznajomy z palcem wyciągniętym ciągle ku jego czołu, począł cofać się powoli ku drzwiom, aż zginął w sąsiedniej sali. Widownia również rozprószyła się; tylko jakiś chudy, z angielska zakrojony gentleman nie ruszył się z miejsca uśmiechnięty pod wąsem; robił wrażenie kogoś, który był niejednokrotnie świadkiem podobnych scen. Skłonił się lekko Wrzeckiemu i bez zapytania, zajmując obok krzesło, zagadnął:

— Jak widzę — nie sprawił panu szczególnej przyjemności występ wujcia Edzia?

— Czy mówi pan o tym waryacie?

— Właśnie. Nazywamy go wujciem Edziem; postać w naszej kawiarni powszechnie znana. Zachodzi tu w każdą niedzielę i święta. Fenomenalne połączenie sentyzywa i szaleńca.

— Sentyzywa?

— No — tak. Musiał pan chyba słyszeć o tych wyjątkowych zdolnościach u pewnych anomalii; przed takim osobnikiem leży siatka nerwów, mięśni, system kostny, słowem, cały organizm ludzki jak mapa dróg kolejowych: przenika człowieka na wylot. Wujcio Edzio, niegdyś wcale tęgi lekarz, dorobił się, dzięki swej specyalnej zdolności, kolosalnej fortuny. Używano go do introspekcyi przy operacyach; oddawał olbrzymie usługi. Potem nagle zwaryował. Odtąd dostrzega w swych pacyentach niemożliwe rzeczy. Tak n. p. u mnie skonstatował w komorze sercowej ni mniej, ni więcej tylko istnienie mikromilimetrycznej żabki. Dobry sobie, co? U pana znowu dopatrzył się w zwojach mózgowych...

— Czego?... — Wrzecki drżał z niecierpliwości.

— Jakto? Na seryo nie zrozumiał pan nic z jego gadaniny? Prawda, że wujcio Edzio lubi tajemniczość i ubiera swą dyagnozę we formy pytyjskie: dlatego potrzebuje interpretacyi. Otóż u pana znowu zauważył w korze mózgowej po mistrzowsku wpędzoną kulę...

— Kulę?

— Ależ naturalnie, Krupp et Comp. — przecież to pierwszorzędna firma amunicyi. Co to panu? Pan pobladł? No, nie bądźże pan dzieckiem! Także coś! Przejmować się bredniami starego bzika!

— Ma pan słuszność... zapomniałem się. Dziękuję za wyjaśnienia. Garson! Dwa szampany! Pozwoli pan, że naleję?...

Wychylił parę szklanek. Wrzecki nadaremnie starał się upić. Wkońcu zapłacił, pożegnał się z uprzejmym anglomanem i wyszedł.

Wyjaśniło się prawie zupełnie. Wzdłuż gzemsów murów, między szczytami drzew, po kopułach snuły się taśmy mgieł rozwiewając się w przestworach błękitu. Poprzez rozcieńczone żgła wcedzało się zachodowe słońce coraz soczystszą, dostalszą zabarwą. Wprost fizycznie odczuwał bolesne, rażące jego dotknięcia i wsuwał się skwapliwie między najciemniejsze zaułki pod ochronę cienia. Wyłoniła się jakaś nieuchwytna łączność między stopniowem wygrążaniem się słońca z oprzędzy mgieł, a coraz wyraźniej zarysowującymi się konturami u kresu szalonej stycznej. Tempo, w jakiem obraz nabierał wyrazistości, wydało mu się stanowczo za szybkie; z ochotą by je zwolnił, gdyby to od niego zależało. Tak dotąd było dobrze błądzić między kotarami mglistych opon, tak ponętnie przemykać się nad krawędziami drzemiących co krok przepaści... Lecz igraszka miała się ku końcowi: z poza zasłony poczęło przeglądać kuszone dajmonium, by ukarać niepokojącego je śmiałka. Na wargi cisnął się gwałtem jeden wyraz, jedna definicya, któraby określiła dotychczasowy bieg faktów. Wyrywała się na usta, dobywała przemocą do świadomości — lecz usiłował ją zawrócić tam, gdzie wzięła początek. Nadaremnie! Słońce goniło w ślad, prażyło oczy, twarz, głowę, miało zabójcze razy w piersi. Stanął na rogu jakiejś ulicy niepewny, dokąd się zwrócić. Gdzieś z czeluści bramy błysnęła mu para rozpanamiętnionych twarzy.

— Rozstajna 30.

— Dobrze, przyjdę. Jakaś ty dobra, jakżeś bezmiernie dobra...
Machinalnie powlókł się pod wskazanym adresem. Raz jeszcze
zrobił rozpaczliwy wysiłek samoobrony.

— Po co ja właściwie tam idę? Ha, ha! „Die verhängnissvolle Gasse"
— co?

Mimo to, pędziło go w tamtą stronę. U zakrętu podniósł
przypadkiem głowę; wzrok padł na wielki, błękitny afisz. Przebiegł
punkt pierwszy programu:

— Signora Bellestrini, primadonna scen włoskich odśpiewa jako
przygrywkę: Pepito, ach tam wskażą ci, co czynić masz! Pepito ach,
ach tam etc.

— Dosyć. To wystarczy. Reszta niech służy do użytku publicznego.

W kwadrans później wstępował w klatkę schodową podanego
numeru. Dom był trzypiętrowy: nasunęły się pewne wątpliwości co
do piętra.

— Nic nie będzie z tej głupiej farsy, jeśli nie będę miał dokładnej
wskazówki! — postanowił twardo.

W tejże chwili dało się słyszeć skrzypienie stopni z dołu; ktoś biegł
za nim po schodach i minął go.

— Może to przewodnik?

Tamten tymczasem wstępował już na drugie piętro.

Zatrzymał się na platformie. Wrzecki poszedł za nim.

Na korytarzu drugiego piętra zastał nieznajomego, jak odczytywał
na drzwiach czyjąś wizytówkę. W chwili, gdy Wrzecki dosięgnął
ostatniego stopnia, odwrócił się ku niemu i popatrzył mu prosto w
oczy, poczem natychmiast zaczął się wspinać na trzecie schody.

— Dziękuję! — krzyknął niemal Wrzecki, który w spojrzeniu obcego
dostrzegł szczególny jakby porozumiewawczy wyraz.

— Więc to tutaj... Przyznać jednak potrzeba, że pilnują mnie do
ostatniej chwili. Co za usłużność — proszę!

Bez wahania otworzył drzwi, pod któremi parę chwil temu zastał
„przewodnika". W tejże sekundzie rozległ się w głębi mieszkania
suchy trzask. — Wszedł do środka: w blaskach zachodu wlewającego
się strugami w pokój, stał młody człowiek z lufą rewolweru
skierowaną ku czołu; widocznie w chwili wejścia Wrzeckiego
usiłował strzelić, lecz broń odmówiła posłuszeństwa. Spostrzegł
wchodzącego, jak skamieniały, nie zmienił pozycyi. — Wrzecki ze
skrzyżowanemi rękami studyował go:

— Pyszny obraz! Co za dokładność w liniach wykończenie w szczegółach i oświetlenie, przedewszystkiem to oświetlenie... Ależ pan jest niezrównanym typem — pardon! — modelem samobójcy! Co mówię! — Z pana sobowtór prasamobójcy!...

Wyrwał mu gniewie[6] z ręki rewolwer.

— No dość tego! To nie dla pana zabawka! Kochany pan się pomylił. Ale to nic nie szkodzi. Inaczej nie mógłbyś spełnić swej roli. Co? Powie mi, pan o zawiedzionej miłości, lub długu honorowym? Fraszki młodzieńcze, fraszki! Miałeś być tylko obrazem, symbolem dla kogo innego! Rozumie kochany pan? Dlatego maszynka spudłowała. „Pepito, ach, Pepito ach, tam wskażę ci, co czynić masz"... Wesoła aryjka, nieprawdaż?

Obejrzał magazyn.

— Aha! starczy jeszcze na jeden strzał. Świetnie! Wie pan — to będzie zabawne qui pro quo...

Zmarszczył czoło: — Ale, ale! Pan może mieć pewne nieprzyjemności — zawsze to w pańskiem mieszkaniu... Wie pan co... powiesz im, że przyczyną była: stylizacya przypadku... a pan byłeś jej ostatnim, szczytowym punktem... Tak, tak pan powie... I pomyśleć tu, że gdybyś się tak był zdecydował parę minut wcześniej, no, no! — Spojrzał na zegarek, równocześnie odwodząc kurek. — Szósta. A jednak ja sam wychodząc dziś o trzeciej z domu, nie byłbym nigdy przypuścił, że za trzy godziny...

— Co??

— Ot co!... — Błyskawicznym ruchem przyłożył sobie lufę do skroni i pocisnął. Tym razem broń nie zawiodła: runął martwy w słoneczny ekran posadzki.

---

6 błąd w druku — *gniewnie*.

ZEZ

Przyplątał się do mnie, nie wiem, jak i kiedy.

Nazywał się Brzechwa, Józef Brzechwa. Co za imię! Coś w niem zaczepia, zahacza, drażni nerwy chropawym dźwiękiem. Był zezowaty. Szczególnie przykro spoglądał prawem okiem, które wyzierało skalistem spojrzeniem z pod rudych rzęs. Mała, szpetna twarz, pokryta ceglastym rumieńcem krzywiła się wiecznie w uśmieszkach złośliwej półironii, jakby mszcząc się w ten nędzny sposób za własną brzydotę i plugawość. Drobne, rdzawe wąsiki podkręcone zawadyacko do góry ruszały się ustawicznie niby macadełka jadowitego żuka, ostre, kłujące, złe.

Ohydny człowiek.

Zwinny był, elastyczny jak piłka, postaci nikłej, wzrostu średniego, chodził krokiem lekkim, nieuchwytnym, umiał wślizgiwać się nagle jak kot.

Nie cierpiałem go od pierwszego wejrzenia. Jego odrażający wygląd przejmował mnie nieopisanym wstrętem, każąc domyślać się odpowiadającego mu charakteru.

Człowiek ten krańcowo różnił się odemnie usposobieniem, upodobaniami, rodzajem reagowania na podniety. Dlatego stanowił dla mnie uosobienie antypatyi, był moją żyjącą antytezą, z którąby mnie nic na świecie pojednać nie mogło. Może właśnie dlatego przypił się do mnie z wściekłą zapamiętałością, jakby odczuwając moją ku niemu żywiołową niechęć.

Prawdopodobnie doznawał szczególnej rozkoszy, widząc, jak bezskutecznie usiłuję wydobyć się z sieci, któremi mię oplątywał coraz zwarciej. Był mym nieodstępnym towarzyszem w kawiarni, na przechadzkach, w klubie, umiał wkręcić się w koła mych najbliższych znajomych, co więcej zdobyć przychylność kobiet, z któremi mię łączyły żywsze stosunki, wiedział o każdym mym najdrobniejszym projekcie, najlżejszym ruchu.

Niejednokrotnie, by choć dzień jeden nie widzieć jego obmierzłej fizyognomii, wymykałem się niespostrzeżenie dorożką lub automobilem za miasto, lub też słowem nie zdradziwszy przedtem zamiaru, wyjeżdżałem na jakiś czas do innej miejscowości. Któż opisze w tych wypadkach me zdumienie, gdy po jakimś czasie jak z pod ziemi wyrastał nagle przedemną Brzechwa i z uśmiechem słodkawo-drwiącym cieszył się z niespodziewanie dla się miłego spotkania.

Doszło wreszcie do tego, że począłem przed nim uczuwać pewien rodzaj zabobonnego strachu i uważać go za swego złego ducha czy demona. Jego ruchy kocie, drażniące, filuterne przymykanie oczu, zwłaszcza zaś ów skalisty, zimno połyskujący białkami zez ścinały mi krew niepojętą grozą, budząc równocześnie wściekłość bez granic.

A wiedział wybornie, jak najłatwiej przyprowadzić mię do pasyi. Umiał zawsze dotknąć mej najczulszej struny. Raz podpatrzywszy me upodobania, wybadawszy poglądy i zasady, przy każdej sposobności wygłaszał z brutalną ironią wprost im przeciwne w sposób tak bezwzględnie arbitralny, że zdawał się wykluczać wszelką opozycyę.

Jednym takim punktem spornym, zasadniczo nas różniącym była kwestya indywidualizmu, której zawsze broniłem z namiętnem zapamiętaniem. Wogóle mam wrażenie, że dookoła tej właśnie osi obracał się cały nasz antagonizm.

Byłem zagorzałym wielbicielem wszystkiego, co osobiste, oryginalne, jedyne, w sobie zamknięte — Brzechwa przeciwnie szydził z wszelkiego indywidualizmu, uważając go za chimerę zarozumiałych półgłówków; stąd nie wierzył w żadną inwencyę, pomysłowość, sprowadzając je do wykładników wpływów środowiska, rasy, t. zw. ducha czasu i t. p.

— Przypuszczam nawet — cedził niejednokrotnie, zezując w mą stronę — że w każdym z nas siedzi kilka indywiduów i drze się o marny ochłap t. zw. duszy.

Było to oczywiście już wyraźne przekomarzanie się ze mną i chęć wywołania namiętnej reakcyi za wszelką cenę. Spostrzegłszy to, udawałem, że nie słyszę i obojętnie pomijałem milczeniem. Wtedy czyhał na inną sposobność, by zaznaczyć swe „społeczne", jak się wyrażał, stanowisko.

Ilekroć okazywałem podziw i zachwyt z powodu jakiegoś nowego dzieła sztuki lub naukowego odkrycia, Brzechwa z cynicznym spokojem usiłował wykazać bezpodstawność uwielbienia lub też milcząc, siadał wprost naprzeciw i przez cały czas przeszywał mnie mrożącym do szpiku zezem, gdy uśmiech zjadliwej ironii nie schodził z niedomkniętych warg.

Już to wogóle nie odczuwał żadnych wstrząsów estetycznych: piękno nie działało nań w całem tego słowa znaczeniu. Był za to typowym snobem sportu. Nie było rekordu automobilowego, zawodów cyklistycznych lub matchu footballowego, do którychby nie stawał w pierwszym szeregu. Bił się na szpady jak fechtmistrz, strzelał bajecznie, uchodził za pływaka pierwszej wody. Naukę i uczonych ignorował, trzymając się zasady „nihil novi sub sole”. Mimo to nie można mu było odmówić wcale wysokiej inteligencyi, która szczególnie przejawiała się w dowcipnych, zaprawionych zjadliwością powiedzeniach. Natury gwałtownej, nie znoszącej opozycyi, miewał wieczne awantury i niezliczone mnóstwo honorowych spraw, z których zawsze wychodził obronną ręką.

Rzecz jednak dziwna — na mnie nigdy się nie „obrażał!”, pozwalając mówić sobie słowa nie już niegrzeczne, lecz wprost obelżywe, do czego niejednokrotnie zmuszało mnie jego zachowanie się. Ja jeden miałem przywilej bezkarnego znieważania go. Widocznie upatrywał w tem należną mi rekompensatę za ciągłe drwiny i prześladowanie bez końca mojej osoby. Zresztą może był powód inny, głębszy — nie wiem.

Czasami umyślnie przesadzałem w obelgach, by zmusić go do rozprawienia się ze mną na seryo, a w następstwie do zerwania zupełnego stosunków. Nadaremnie. Przeczuwając, o co idzie, zbywał ralne policzki słodziuchnym uśmiechem i obracał wszystko w żart...

W końcu pozbyłem się go. Zaszedł wypadek, który zdawał się mi raz na zawsze uwalniać z jego szponów. Zginął nagle, śmiercią gwałtowną i to pośrednio przezemnie.

Raz przywiedziony do ostateczności uderzyłem go w twarz. Brzechwa w pierwszej chwili żachnął się; zbladł jak ściana i wtedy raz jedyny w życiu ujrzałem szczególny, stalowy błysk w jego oczach. Lecz był to tylko moment, bo zaraz maskując wzburzenie, położył mi drżącą jeszcze rękę na ramieniu i rzekł z dziwną wibracyą w głosie:

— Niepotrzebnie się pan uniósł. To na nic się nie zda. Wogóle ani ja pana, ani pan mnie nie może obrazić. Widzi drogi pan, to całkiem tak, jak gdyby ktoś chciał spoliczkować samego siebie. My obaj stanowimy jeden układ.

— Podlec! — mruknąłem przez zęby.

— Jak pan uważa. To sprawy w niczem nie zmieni.

I począł okropnie zezować.

Awantura miała jednak poważne, tragiczne dlań następstwa. Ponieważ wszystko zaszło w obecności kilku świadków, nikt odtąd ze znajomych nie chciał mu podać dłoni. Brzechwa wściekał się, urządzał skandaliczne „kawały", a wreszcie zmusił jednego z najtęższych przeciwników do rozprawy na rewolwery. Mimo, że ja właśnie wywołałem zajście, prosił mnie Brzechwa na świadka. Odmówiłem, ofiarując z własnej inicyatywy swe usługi stronie przeciwnej, chociaż partner Brzechwy był mi skądinąd antypatyczny. Lecz zrobiłem to z umysłu, zadowolony, że choć pośrednio zetrę się z mym prześladowcą. Propozycyę moją przyjęto i pojedynek przy bardzo ostrych warunkach odbył się w podmiejskim lasku. Padł Brzechwa, ugodzony śmiertelnie w czoło.

Pamiętam jego ostatnie spojrzenie; było zwrócone na mnie: skośne, przeszywające na wylot, paraliżujące wolę. Zaraz potem wyzionął ducha. Odszedłem, nie śmiąc patrzeć dłużej w tę demonicznie wykrzywioną twarz. Lecz maska ta nigdy już nie usunie się z mej pamięci, wytrawiona tam w głębi niezatartymi rysami i wiecznie przeorywać będzie mą duszę kosym rzutem ten okropny zez. — —

Śmierć Brzechwy, zwłaszcza scena agonii, wstrząsnęła mną tak silnie, że wkrótce potem zapadłem ciężko na zapalenie mózgu. Choroba przeciągnęła się na miesiące, a gdy dzięki niestrudzonej pomocy lekarzy, wśród ustawicznej obawy przed recydywą, wreszcie wyzdrowiałem, zmieniłem się nie do poznania. Charakter mój wypaczył się najzupełniej i wszedł na obce sobie dotąd, nawet wrogie tory. Dawniejsze upodobania, szlachetna namiętność ku wszystkiemu, co piękne i głębokie, subtelna zdolność wyczuwania drgnień oryginalności, znikły bezpowrotnie. Pozostała tylko — szczegół zagadkowy — pamięć, że je niegdyś posiadałem i cierpienie z powodu zaszłej zmiany.

Stałem się człowiekiem praktycznym, „zdrowym", normalnym do obrzydliwości, wrogiem ekscentryków dowolnego rodzaju — i rzecz dla mnie najboleśniejsza — począłem szydzić z mych dawnych ideałów. Już to ironia, uśmiech złośliwy, uszczypliwość przeglądały odtąd w każdym mym ruchu, słowie, wiły się fałszywą linią przez wszystkie me czyny.

Najciekawszem jednak było, że mimo to zdawałem sobie najzupełniej sprawę z tych niespodzianych przekształceń, którym bezskutecznie usiłowałem przeciwstawić dobrą wolę. Stąd wszczęła się we mnie zajadła walka dwóch zasadniczych motywów, dwóch naczelnych nastrojów, o których współistności byłem najgłębiej przekonany. Lecz zawsze brał górę ten nowy, przybylczy, co się wczołgał we mnie niewiadomo jakim sposobem i z wewnętrznym wstrętem słuchałem zawsze jego podszeptów.

Były to jakby teorya i praktyka. W teoryi pozostałem tym samym co dawniej i z oburzeniem śledziłem postępki tamtego drugiego, który jak złodziej wkradł się w najgłębsze me tajnie i wyrzucał nagromadzony w nich dobytek, zastępując go mierzwą.

I nie mógłbym tego nazwać znanem powszechnie rozdwojeniem osobowości, gdyż zachodziła tu sprawa całkiem inna, którą trudno było przewidzieć, wydedukować na podstawie pierwszej połowy mego życia. Czułem, że tu nie można mówić o jakiemś rozdwajaniu się — tu raczej zaszło zdwojenie, jakaś przeklęta przymieszka, tu wnęcił się jakiś intruz. Nosiłem go sobie, ustawicznie kalecząc się tą ohydną współbytnością, bezsilny, zrozpaczony świadomością zmiany, której usunąć nie mogłem. Każdy mój czyn wzbudzał we mnie wewnętrzną opozycyę, przedstawiał mi się jako narzucony zewnątrz obcą wolą, każde me słowo było kłamstwem nie popartem przez przekonanie, pozbawionem siły uczuciowej, jakąś pasożytną naroślą. Co gorsza intruz wkraczał w zakres mych myśli, przekonań, starając się przerobić mnie na swój rytm do przyciesi.

Ilekroć chciałem postąpić w sposób zgodny z najgłębszą mą jaźnią i przybrać dawną postawę do świata i ludzi, coś mocnego jak rozkaz zawracało mnie na nową, nieznośną drogę, jakiś chichot wewnętrzny rozsadzał mi piersi a w oddali błyskał skośną rysą piekielny zez...

Znienawidziłem siebie fizycznie i moralnie, nie mogłem znieść własnej osoby, bo wydała się wstrętną, karykaturalną.

By sprowadzić wybryki mego nowego „ja" do możliwego minimum, zamykałem się całymi dniami w domu i stroniłem od ludzi, w których oczach widziałem zdumienie i odrazę.

Tutaj w mym cichym domu, w ustronnej dzielnicy miasta przeżywałem długie godziny duchowej męczarni, pasując się z ukrytym mym wrogiem. Tutaj w czterech głuchych ścianach przemyśliwałem długie chwile wewnętrznej katuszy.

W miarę borykania się z obcym natrętem doszedłem do pewnej wprawy w wyłączaniu go przynajmniej na jakiś czas poza obręb konstrukcyi myślowych. Osamotnienie bezwgledne, swoboda od gwaru ludzi, pozwalały mi choć na parę chwil ześrodkować mą właściwą, dawną jaźń i wyzwolić ją z pod brutalnej pięści intruza.

Były to wysiłki prawdziwie olbrzymie; miałem wrażenie człowieka, który tytanicznem napięciem mięśni rozdziela dwa nieprzeparcie ku sobie ciążące półkręgi kuli i tak przez jakiś moment trwa, trzymając je w odosobnieniu.

Wtedy korzystając z chwili, rzucałem się do pisania i zapełniałem całe rękopisy myślami, które mżały we mnie od dawna, lecz nie mogły uzewnętrznić się, zduszone gwałtem przez tamtego. Pisałem jak szalony, z zapartym tchem, wodząc ręką po papierze, by wypowiedzieć, co myślę i czuję, by zaznaczyć przed idealną widownią świata, że jestem innym, niż się za godzinę, za minutę wydam.

Lecz wściekły wysiłek nie trwał długo. Wystarczył krzyk życia z ulicy, wejście sługi do pokoju, lub twarz przechodnia, a napięte nerwy rwały się jak postronki, wyprężone muskuły pękały z głuchym trzaskiem i uparte półkule zwierały się w całość krągłą, jednolitą, zamkniętą bez wyjścia. Na ustach wykwitał śmiech, ohydny, cyniczny śmiech i łkając z bólu, rwałem w kawały rękopisy, deptałem zapisane kartki, niszczyłem całe arkusze...

I znów wracałem w świat pomiędzy ludzi haniebnie zmienionym szydercą bez czci i wiary, człowiekiem nizkich pragnień. I od nowa trzeba było długich wysiłków myśli, odsuwania się od środowiska ludzkiego, bezwzględnej samotności, by choć na chwil parę izolować się od nalotów znienawidzonej istoty i wykluczyć ją poza nawias mej duszy.

Lecz w miarę ponawiania owych doświadczeń, dochodziłem do coraz bardziej pocieszających wyników. Coraz dłużej udawało mi się utrzymywać siebie w rozłączeniu z obcym przybyszem, coraz wyraźniej w przeciągu tych krótkich chwil czułem swą odrębność i oczyszczałem się z pasożytniczych napływów.

Potem wracało wprawdzie wszystko do dawnego stanu, lecz pamięć osiągniętych na jakiś czas wyzwolin zachęcała do nowych prób. Wkońcu byłem dawnym sobą już przez parę godzin, które wyzyskiwałem możliwie najpożyteczniej, spiesząc się, zanim mój wróg powróci.

Ciągła uwaga i pilnowanie się na każdym kroku, konieczne przy tej psychicznej elektrolizie zdwojonego „ja", nużyły mnie tylko niepomiernie, pozostawiając po sobie ślady w formie zdenerwowania i gwałtownych bólów głowy.

Mimo to zdobywszy słabą nadzieję odzyskania siebie, nie szczędziłem trudu i marzyłem już o tem, by módz bezkarnie we własnej osobie zjawić się w towarzystwie ludzi...

Pewnego razu po dłuższym pobycie na świecie, zamknąłem się znów we wiadomym celu i podjąłem żmudne dzieło wyosobniania się.

Ponieważ wskutek wprawy tym razem szło łatwiej i niebawem znalazłem się w swoistej atmosferze własnego indywiduum, zacząłem zwracać uwagę na bezpośrednie, fizyczne otoczenie, by przez tę pierwszą próbę przyzwyczaić się do utrzymywania na wodzy swej osobowości i wobec stokroć silniejszej dystrakcyi zewnętrznej, jaką stanowili dla mnie ludzie.

Gdy tak zwolna odbiegałem uwagę od siebie i w półroztargnieniu błądziłem oczyma po pokoju, nagle zdało mi się, że za ścianą po lewej stronie słyszę jakiś szmer. Zaciekawiony zacząłem nadsłuchiwać, lecz to skierowało mnie zbyt silnie na zewnątrz, powodując fatalne zlanie się dopiero co wyodrębnionych elementów i znów przestałem być sobą.

Zrozpaczony kląłem podejrzany szmer, który zresztą mógł być tylko złudzeniem mych rozigranych przez napięcie nerwowe zmysłów. Tak tedy pierwsza próba odzyskania siebie wobec zmienionych warunków spełzła na niczem.

Przecież nie straciłem otuchy i w parę dni potem podjąłem eksperyment.

Dopóki byłem zajęty sobą, nie słyszałem nic podejrzanego za ścianą — gdy tylko jednak zacząłem poświęcać więcej uwagi środowisku, doszedł mnie znów od lewej strony ten sam zagadkowy szmer.

Chociaż wiedziałem doskonale, że przez to utracę siebie, wracając do obmierzłej podwójności — mimo to wychyliłem się natychmiast przez okno i spojrzałem w lewo w nadziei, że wykryję przyczynę szczególnego odgłosu.

Dom, w którym mieszkałem, był parterowy i składał się z trzech partyi. Zajmowałem samo skrzydło tak, że poza mną z lewej strony nie było już żadnych pokoi, a ściana wychodziła na mały ogródek, otoczony parkanem. W tej chwili nie było w nim nikogo, jak zresztą zwykle; wogóle na moją stronę nikt nigdy nie zachodził, szanując cudze granice i dyskretnie unikając linii mych okien.

Zaniepokojony cofnąłem głowę do wnętrza.

Przyszło mi na myśl, czy przypadkiem zagadkowe szemranie nie towarzyszyło już dawniej procesowi oczyszczania jaźni; prawdopodobnie jednak, zajęty intensywną pracą wewnątrzną i zrzutowywaniem jej na papier, nie zauważyłem, przez czas jakiś, tego, co się wkoło mnie działo. Dopiero odsunięcie się na pewien dystans od świeżo skrystalizowanej osobowości i zwrot ku otoczeniu, pozwoliły na percepcyę tajemniczych dźwięków. Niezupełnie przekonany o przyczynowej zależności tego fenomenu od usiłowań duchowej emancypacyi, wreszcie musiałem przystać na to, że jakiś związek zachodzi, bo szmer odzywał się tylko wtedy, ilekroć zdołałem zrzucić z siebie nienawistne pęta.

Niejednokrotnie będąc w zwykłym, zdwojonym stanie nadsłuchiwałem, czy z tamtej strony głos mnie jaki nie dojdzie — lecz bezskutecznie: ściana nie przepuszczała wtedy najlżejszego drgnienia.

Czasami myślałem, że ulegam złudzeniu akustycznemu, i że szmer w istocie rzeczy dochodzi od ściany prawej, poza którą mieszkał, zresztą jakiś cichy i wiecznie milczący kawaler. Lecz i ten domysł upadł po sumiennem zestawieniu dźwięków.

Więc szemrało coś tylko za ścianą po lewej, za ścianą, która zamykała dom i sąsiadowała z pustką. To przecież dziwne!

Po pewnym czasie, gdy odgłosy nie ustawały, począłem dokładniej badać ścianę z lewej strony.

Niebawem doszedłem do przekonania, że musi być wewnątrz wydrążona i pod wpływem moich uderzeń dudniła głucho.

Przypuszczenie to wzmocnił szczegół zaobserwowany w dalszym ciągu na zewnątrz domu. Przypatrzywszy się baczniej lewemu skrzydłu, zauważyłem po raz pierwszy, ku niemałemu zdziwieniu, że odległość węgła ujmującego ściany graniczne od ostatniego okna, wynosi aż cztery metry; ponieważ ściana mego pokoju wysunięta na lewo i zamykająca rzekomo dom, oddaloną była od wspomnianego okna co najwyżej na metr, więc ewentualna grubość jej musiałaby dochodzić aż do trzech metrów, rozmiarów jak na zwykły, mieszkalny dom trochę nienaturalnych. Poza mną tedy był jeszcze jakiś pokój ślepy, zamurowany, bez drzwi i okien, bez wejścia. I stamtąd szedł ów szczególny szmer. To było oczywiste.

Zdumiony odkryciem, przez dłuższy czas niemal nie opuszczałem mieszkania, poświęcając całe godziny samoześrodkowywaniu się. Teraz jednak przychodziło mi to z większą trudnością, bo zbyt prędko odrywałem się od własnej osoby, wychwytując głosy pustki. Zrozumiawszy, że tą drogą nie dopnę celu, całą mocą skupiłem myśl na sobie i dopiero czując silne napięcie odzyskanej osobowości, nadsłuchiwałem szmerów, które płynęły ze ślepego pokoju.

Po czasie zauważyłem, że istnieją w nich pewne, wcale wyraźne odcienie, jakby stopniowania. Gdy głębiej zabrnąłem w procesie mych duchowych wyzwolin, ilekroć czułem się bardziej sobą, w wyższej mierze oczyszczonym z obcych nalotów — szmer odzywał się wyraźniej; coś niespokojnego tłukło się wśród zamkniętej przestrzeni, wałęsało po kątach, tułało wzdłuż ścian jakby we wściekłej bezsilności.

Gdy bardziej tkwiłem w stanie nieszczęśliwego zdwojenia, silniej skrępowany współbytnością pierwiastka obcego — głos z za ściany ścichał, zamierał jakby ukojony.

Było w tem coś zagadkowego, coś, co podniecało ciekawość do najwyższego stopnia, a zarazem budziło zimny, ścinający zęby strach.

Miało się uczucie, że podczas gdy ja tutaj pasuję się z nienawistnym wrogiem, usiłując go wyrugować z mej nieszczęsnej jaźni, tam za ścianą rodzi się jakiś byt, coś się stwarza, powstaje... Wreszcie postanowiłem wywalić ścianę i wtargnąć do ślepej przestrzeni.

Lecz należało postępować systematycznie i powoli, by nie spłoszyć dziwnej istoty. Ilekroć bowiem przez dłuższą chwilę przysłuchiwałem się szczególnym jej ruchom, wszystko milkło, a ja — rzecz dla mnie niepojęta — wybuchałem piekielnym śmiechem i wracałem do podwójności.

— To jakaś szczwana bestya — mruczałem, uspokoiwszy się po tych niespodzianych dla mnie samego wybuchach.

— Lecz znajdziemy i na to środek, znajdziemy, i to niezawodny. Trzeba zaskoczyć cię znienacka.

Wkrótce przystąpiłem do wykonania planu. Zakreśliwszy kredą na ścianie czworokąt o wymiarach odpowiadających mniej więcej mej osobie, odłupałem w granicach zaznaczonych tynk, poczem ostrożnie ściosałem ostrem narzędziem wewnętrzną część muru, tak, że została tylko płytka warstwa, która według mych obliczeń musiała ustąpić pod jednorazowem uderzeniem.

Po ukończeniu przygotowań w ciągu dnia, postanowiłem jeszcze tegoż wieczora wedrzeć się do pustego pokoju i przychwycić owo coś, niepokojące mnie od wielu tygodni.

Na dworze było dżdżysto, jesienna, zmokła szaruga. Wczesny zmrok snuł po wązkich, podmiejskich uliczkach szare sznury zsiadłej mgły i wsiąkał w łzawe przetaki drzew. Od rzadko porozrzucanych latarń szły żółte, gromniczne smugi, i marły w napęczniałej wodą przestrzeni. Jakieś wozy mokre, oślizgłe, wlokły się drogą, kłańcając łańcuchem...

Zapuściłem storę i zapaliłem lampę.

Było mi dziwnie i nieswojo. Opuściłem znużoną głowę na ręce i pogrążyłem się w pracy wyzwolin. Jak zwykle przypominałem sobie swój dawny charakter, swe postąpienia, zamiłowania, wnurzałem się w wychwytywanie swych przeżyć przed chorobą, wmyślałem się w typowe dla siebie sytuacye, na których tle osobowość moja ujawniła się najdobitniej. I tak szedłem dalej i dalej, zapuszczałem się coraz głębiej, docierając do najpierwotniejszych pokładów swej jaźni...

Byłem szczęśliwy, byłem tym dawnym sobą, pełnym wiary i ufności w przyszłość, z piersią tchnącą miłością dobra i piękna, zachwytem dla życia i jego tajnych cudów. Byłem u szczytu wyzwolin, bez odrobiny obcej przymieszki, najczystszą jaźnią...

Nagle — obejrzałem się wkoło, obejmując krótkim rzutem oka pokój. W tejże chwili od lewej strony przeniknął w moją samotnię hałas: coś rzucało się za ścianą, jakby od posadzki po powałę, drapało w rozpaczy po murach, tarzało w konwulsyach boleści bez wyjścia...

Słuchałem z zapartym tchem, ściskając w ręce żelazny drąg.

Po kilku minutach szmery uspokoiły się i przeszły z kolei w niespokojne, nerwowe kroki. Ktoś najwyraźniej w świecie chodził tam za przepierzeniem z kąta w kąt...

Podniosłem oskard i z całej siły uderzyłem nim w wyszczerbiony czworobok...

Posypało się rumowie, odsłaniając czarne, wązkie wejście.

Wpadłem do wnętrza i w tymże momencie zaległa grobowa cisza. Uderzyła mię duszna woń zgnilizny zamkniętej przestrzeni.

Zrazu nie widziałem nic, rażony ślepotą ciemności. Lecz za mną wkradł się do pustki długi pas świetlny mej lampy i liznąwszy klinem podłogę, przypełzał do kąta...

Spojrzałem tam i zdjęty dreszczem przestrachu bez granic wypuściłem z rąk oskard.

Tam w rogu pustego pokoju wciśnięta między dwie ściany przykucnęła jakaś ludzka postać i wlepiła we mnie kose, zielonkawe spojrzenie. Pociągnięty magnetyczną siłą wzroku, podszedłem...

Postać wyprostowała się, urosła... krzyknąłem; był Brzechwa...

Stał niemy, bez słowa, poruszając lekko wąsem. Nagle pochylił się w mą stronę, oparł się mi na piersi i... wszedł, rozpłynął się we mnie bez śladu... Odurzony, jak automat porwałem lampę ze stołu i wpadłem z powrotem przez wyłom. Napróżno. Pokój był pusty. Pod

sufitem wahały się pajęczyny, ze ścian ściekały zimne łzy wilgoci...
Nagle zabrzmiał głos ochrypły, świszczący, chropawy...
— Co to?! Co to?!
Wtem zoryentowałem się: był to mój śmiech.

CIEŃ

Był to czas, kiedy w zawiłym błędniku zdarzeń, który zowią życiem, zacząłem zdobywać przeglądające z półmroku oryentacye, gdy zaczepiwszy wątek kłębka o pierwszy wyraźniej rysujący się gzems, snuć go jąłem za sobą w pochodzie ku świetlniom.

Planowałem pracę na szerszą skalę, która miała objąć we formie rozprawy wyniki mych dotychczasowych dociekań nad istotą bytu i tajemnicą jego przejawów.

W wędrówce podjętej już dawno, kontynuowanej w tym czasie bez śladu znużenia, z żarem chwil wymarszu miał to być niejako pierwszy etap. Okryty pyłem gościńców pielgrzym przystanąłem na małą godzinę w przydrożnej gospodzie, by rzucić krótkie spojrzenie na przestrzeń przebytą, zakląć w zwarty znak, wyniki przeżyć i zaczerpnąwszy tchu we falującą pierś, ruszyć na dalsze przewiady.

Pisałem „O symbolach w przyrodzie". Tytuł na pierwszy rzut oka nieco za ciasny ze względu na zakres pracy. Właściwie chodziło o symbolikę ukrytą nie tylko w samej przyrodzie organicznej, ale też kreślącą swe tajemne ruchy w t. zw. świecie martwym, w przedmiotach, niemniej w sferze wyższej: w zdarzeniach i wypadkach. Symbolizm rozciągnięty w ten sposób na wszelkie zjawiska życiowe sprowadzał je na jeden, wspólny poziom, jednocząc we wielką podziemnemi wiązaniami spojoną całość; ujęty pod tym kątem stawał się wykładnikiem powszechnego związku rzeczy.

W przeprowadzeniu mych poglądów posługiwałem się raczej metodą intuicyjno bezpośredniej introspekcyi, niż teoryami ewolucyi, które oddawały zresztą usługę li tylko w sferze t. zw. przyrody wogóle; tam, gdzie wchodziły w grę zbiegi okoliczności zbyt trudnych do przewidzenia, by można je uważać za wytwór kierującej świadomie psychiki, lub gdzie przykuwały zdumioną uwagę widza tępe, „bezduszne" przedmioty — tam z natury rzeczy musiałem rzucać utartą drogę i przejść w dziedzinę mniej uchwytną choć niemniej istotną.

Na zakończenie zamierzałem podać rodowód symbolizmu w sztuce i wykazać jego ścisłe pokrewieństwo z odpowiednimi przejawami w życiu i naturze. Zasadniczą różnicę między pierwszym a tymi ostatnimi upatrywałem oczywiście w tem, że symbolizm w życiu jest zawsze żywiołowy, naiwnie swobodny i siebie nieświadom, gdy jego odpowiednik w sztuce z istoty rzeczy wynikiem celowo i świadomie kształtującej twórczości. Zapewne i artysta jako „syn ziemi", jako najmilsze jej dziecię intuicyą i wyobraźnią zawierając w symbol myśl swoją, jest też żywiołowym przejawem pandemondium bytu, lecz przejawem siebie świadomym, w którym współpracuje potężna inteligencya. Dlatego symbolizm życiowy nazwałbym „dziewiczym" w jego naiwnej odruchowości, w niewinnym wylewie szczerości. Symbolizm artystyczny pozostawałby do niego w tym samym stosunku, co logika do geometryi, która jest niejako uświadomieniem miar i funkcyi ziemi.

Zadanie miałem o tyle trudne, że tylko do jego mniejszej części znalazłem materyał wprawdzie surowy, w bezładzie, który należało spolaryzować w odpowiednim kierunku, lecz w każdym razie nagromadzony i wyczekujący — lwią część pracy musiałem wykonać najzupełniej sam, bez jakiejkolwiek pomocy, obracając się w dziedzinach mało, lub całkiem dotąd nieznanych, jak zagadka dziwnych. Miało to swój urok niezaprzeczony, jak cudowne błąkanie się po obcem, po raz pierwszy w życiu widzianem mieście — lecz też i wymagało dużo nakładu uwagi i wytężenia myśli.

Czując, że spokój absolutny jest tu niezbędnym warunkiem, porzuciłem gwar stolicy i przeniosłem się na cichą, kilka mil odległą prowincyę. Spragniony odosobnienia, w obawie, by codzienność stosunków z ludźmi nie wtargnęła niszcząco w zacisze mych rozmyślań, wynająłem do wyłącznej dyspozycyi mały, zielony domek na końcu miasteczka, otoczony gęstym żywopłotem krzaków bzu, ligustru i czeremchy.

Roztasowałem się prędko i zachęcony niezmąconym spokojem zabrałem się pilnie do pracy. Szła żwawo i sprawnie, bo było mi tu dobrze, wygodnie i ustronnie. Wieczorami, gdy znużony całodziennym wysiłkiem myśli odkładałem pióro, przeciągając się w starym, pilśniowym fotelu, napływały z ogródka przez otwarte okna balsamiczne wonie kwiatów i drzew, wsiąkały ściszone przestrzenią skargi słowików z blizkiego bugaju.

Czas był przecudny; lipcowe wieczory opiłe ciepłem słońca, wstrząsane rzeźwym dreszczem dalekich błyskawic uspasabiały marząco, nęciły słodką pokusą w dal rozsrebrzoną księżycem. Cicho przekręcałem klucz w zamku i szedłem na długą przechadzkę, by niejednokrotnie wrócić z niej aż koło północy.

Podczas jednej takiej wycieczki zapędziłem się w okolicę dość odległą, zalesioną i obcą. Chociaż było widno jak w dzień, zabłądziłem i kilkakrotnie wracałem na to samo miejsce. Wkońcu przebłyskujące z poza drzew nikłe światełko wybawiło mnie z matni i wpadłem na jakąś drogę, która wijąc się poprzez bór, łączyła swem przedłużeniem z gościńcem do miasteczka. Uradowany z drogowskazu, począłem zbliżać się ku zbawczemu ognikowi i po kwandransie znalazłem się koło czworobocznego domku, tuż u wylotu szczęśliwie przebytego lasu. Była to najprawdopodobniej leśniczówka: domostwo niewielkie, od strony traktu oparkanione palisadą. Świeciło się tylko w jednem oknie wychodzącem na bór; reszta budynku nurzała się w grubej poćmie nocy.

Pociągnięty mdłym blaskiem zeszedłem z drogi i dla wypoczynku usiadłem w promieniu światła na pniu jesionu, znać świeżo zwalonego, tuż niemal pod samem oknem. Odetchnąwszy z uczuciem ulgi po forsownym marszu, wyciągnąłem fajeczkę, nałożyłem i zapaliwszy, wlepiłem zamyślony wzrok w jasny czworokąt szyby. Oczy przykute magnetycznie do wyraźnie odcinającego się na tle mroków okna, zrazu nie odróżniały szczegółów, opętane światłem; dopiero po chwili przyzwyczaiwszy się, popatrzyłem uważniej.

Okno było szczelnie przysłonięte jakąś białą chustą, z poza której przyświecał owalny płomień pełgającej mętnie nocnej lampki. Na tym przepojonym skąpo światłem ekranie rysowały się silnie jakieś cienie. Tknięty mimowolnie dziecinną ciekawością, zacząłem je studyować. Nagle uchwyciwszy linie dokładniej, omal że nie krzyknąłem z przerażenia, odruchowo zrywając się z kłody ku oknu. Istotnie, to co ujrzałem na zasłonie, musiało wstrząsnąć choćby najmniej wrażliwym widzem.

Na chuście widniały sylwety trzech ludzi. Od lewej krawędzi ekranu wysuwał się śmiały profil męskiej głowy z linią nosa orlo zaciętą, czołem otwartem, bardzo odrzuconem wstecz. Na poziomie lekko tylko naszkicowanego torsu wyraźnie znaczyły się ręce złożone jakby do strzału z rusznicy, której cień wydłużał się pod kątem ostrym ku prawej ramie okna. Tam odrywała się od futryny pochylona mocno w stronę morderczej broni sylwetka znać ugodzonej już kulą ofiary. I to była postać mężczyzny, lecz o niemiłych, niemal odstraszających rysach twarzy; niskie czoło, nos niekształtny sprawiały wraz z nieforemnej budowy czaszką wrażenie przykre, odpychające. Nieszczęśliwy widocznie trafiony w serce, gwałtownie zgiął się ku przodowi, chwytając się kurczowo lewą ręką za pierś.

W środku, między tymi dwoma ludźmi czernił się profil trzeciego mężczyzny w postawie siedzącej, gdyż chwiejący się bez przerwy cień głowy przypadał znacznie niżej, zajmując spodnią część ekranu.

Zauważywszy okropną scenę zrzutowaną widmowo na białem tle, chciałem w pierwszej chwili wpaść do wnętrza domu i ująć zabójcę. Lecz po sekundzie namysłu opanowałem się i nie spuszczając oka z zasłony, stałem jak wryty bez ruchu. Powoli wyłaniały się refleksye spokojniejsze, uświadamiały szczegóły, na które zrazu, pod wpływem pierwszego wrażenia nie zwróciłem uwagi.

Oto przedewszystkiem nie mogłem pojąć, dlaczego żaden huk wystrzału nie doszedł mnie z wnętrza na chwilę przed spojrzeniem w okno. Że obraz przedstawiał sytuacyę już po daniu ognia, o tem świadczyła wymownie pozycya trafionego po jego prawej stronie: ten człowiek słaniał się widocznie ku ziemi porażony śmiertelnym pociskiem; słaniał się, lecz — rzecz osobliwa — nie padał: jakby skrzepł w momencie, w którym miał runąć. Lecz i tamten drugi — morderca broni nie spuszczał, trzymając ją wciąż na wysokości piersi.

Obaj zdali się skamienieć w postawach, w jakich ich ujrzała tragiczna chwila: dwa cienie czarniały znieruchomione, bez śladu drgnienia, jak zaczarowane.

Było coś okropnego w tej nieruchomości, w tem przedłużeniu momentu.

Tylko cień głowy człowieka poniżej tej dziwnej grupy zdradzał objawy życia: chwiał się od czasu do czasu ruchem słabym, drżącym, lecz wyraźnym. Coś bolesnego leżało w tym ruchu, coś z bezbrzeżnej rezygnacyi wobec faktu dokonanego, coś z poddania się rozdeptanego robaka.

A wkoło panowała cisza doskonała, cisza nocy letniej, niezmącona niczem; żaden głos nie dochodził z groźnego domu, żaden dźwięk nie przerywał bezdni milczenia.

Długo patrzyłem osłupiały w zagadkowe cienie, w niecierpliwem oczekiwaniu zmiany w ich układzie; nadaremno: tamte dwa kreśliły wciąż temi samemi liniami tę samą chwilę, wciąż poruszała się w bezradnym smutku głowa trzeciego. Raz tylko porwał się, wyprostował i całą postacią rzucił ku strzelającemu, jak gdyby usiłując powstrzymać w czynie; lecz niemal w tejże sekundzie cofnął wyciągnięte ramiona, opuścił bezwładnie wzdłuż ciała i ciężko opadł w poprzednią pozycyę: cień skurczył się, zmalał, gdzieś zapadł po szyję i znów poruszała się tylko biedna głowa beznadziejnie smutnym chybotem...

Tak minęła długa jak wieczność godzina. Daleko na wschodzie poczęło szarzeć; niebo przybierało barwy mętne, nieokreślone, gwiazdy ze złotych przechodziły w bladożółte i gasły. Dniało...

Wtem światełko w oknie rozbłysło się i zaraz potem zgasło. Cienie znikły, rozpłynęły się; bielała tylko na ramach sztywnie zaciągnięta zasłona, jak duże, bielmem zaszłe oko.

Spojrzałem na zegarek: była trzecia nad ranem. Znużony długim chodem i bezsennie spędzoną nocą, zawróciłem na gościniec i po pół godzinnej wędrówce wkońcu wpadłem na drogę, która zawiodła mnie do domu.

Chociaż śmiertelnie zmęczony zapuściwszy rolety, rzuciłem się na łóżko, nie mogłem odrazu zasnąć; pora snu minęła, drażnił świt zazierający już przez szyby. — Zapaliłem papierosa i leżąc na wznak z przymkniętemi oczyma, przemyśliwałem przygodę u końca przechadzki.

Nasuwały się powoli refleksye rozstrzelone, pozornie błądzące samopas, zdezoryentowane w swej izolacyi — szły z nich łańcuchy związków, próby wydobycia powinowactw, cienka przędza nieuchwytnych pokrewieństw — układały się wreszcie w zwartych liniach wyosobnione teorye, zakreślały wyraźnym konturem skrystalizowane hipotezy...

Cień! Co za dziwne słowo! Coś zredukowanego do niesłychanie wątłej formy, coś rozrzedzonego niezmiernie aż do przejrzystości na wylot, coś eterycznie cienkiego. Blade, prawie znikome i stąd szczególnie lekkie: przesuwa się niepostrzeżenie, ukradkiem, znika niespodzianie. Wyraz niesamowity.

Grecka „skià" jakby zarzuceniem gęstej, mrocznej zasłony na światło dnia: coś płonęło i zgasło, coś pełgotało i zmierzchło — znać tylko kopeć snujący się leniwą falą, czuć tylko swąd...

Czyż nie słychać zgłuszonego jęku dzwonu zapuszczonego we wodę w przedziwnej „umbra" latyńskiej: niby przedzgonne westchnienie, niby daleki pogłos uderzonego metalu; coś odezwało się i zgłuchło, coś zadźwiękło i wyczerpane wsiąkło w przestrzeń...

Umbra, l'ombre, l'ombra — słowa smutne jak wszystko, co przemija i rozsiewa się w dali...

Cienie zmarłych — wyrażenie dziwne niby długie, wlokące się całuny, lekkie bojaźliwie mary.

Bezcielesność cienia, jego znikomość irrealna i pierwiastek nieokreślonej niesamowitości zda się źródłem szczególnej hipostazyi: symboliczne zestawienie duszy, ducha i zmarłych z cieniem.

Cień jest naiwną projekcyą naszej jaźni na zmysłowym ekranie ziemi. Jest on zawsze zindywidualizowany; znać go tylko, gdy wyosobniony; stąd potrzeba mu światła, bez którego nie rozepnie tajemnych swych sieci. Jest przeciwstawianiem jednolitej ciemności, bo ta złą i niemoralną.

Stąd dziwny lęk przed własnym cieniem; może zdradzić, wydać czasem to, czego się w sobie samym nie przeczuwało. Sobowtóry są wogóle zjawiskiem niemiłem.

Czy nie zastanawia, że cień rysuje zawsze tylko profil? Znaczy to, co najwyrazistsze, podkreśla rysy zasadnicze, znamienne; reszta go nie obchodzi, odrzuca ją jako rzecz mogącą zwieść mniej wprawnego obserwatora. Ludzie z profilu wyglądają często całkiem inaczej, niż *en face* i — wierniej, prawdziwiej. W pozycyi *en face* wyraz twarzy rozlewa się na obie jej połowy i rozwadnia, słabnie. Cień bywa nieraz genialnym karykaturzystą.

Stąd odruchowy strach, jaki wzbudza. Nikt nie lubi, gdy go podpatrują.

Cień jest jakby duszą wszech rzeczy, zrzutowaniem ich najwewnętrzniejszej istoty, uświadomieniem ukrytych znaczeń.

Dlatego jest ciemny i ponury, jak wszelka głębia — należy do kategoryi zjawów dyonizyjskich; cierpienie mu blizkie. — Pod ochroną jego posępnych skrzydeł boleje od wieków Lucifer przedziwny, trawi się własną porażką Marsyas nieszczęśliwy. Szatany chętnie tulą się w cieniste ustronia.

Cień jest poziomem wspólnym, na którym schadza się świat żyjący z t. zw. martwym: wszystko, co istnieje, ma swój cień. Cechą jego jednoplanowość; usunął łudzącą perspektywę i wszystko cisnął na jedną płaszczyznę, dokonując bajecznego zrównania wszech rzeczy, które przedstawia w krzywiznach i prostych.

A iż podchwytuje to, co podziemne, wyświeca, co tajemne i nieznane, przeto jest wrogiem dnia słonecznego i dziennych konwenansów. Cień najsilniejszy jest w południe. Gdy słońce uderza w ziemię najgorętszym miotem, że wszystko rozżarzone do białości, jasne, jak prawda i zda się bez śladu wątpliwości — wtedy on zarzuca najsoczystsze ekrany — przestrzega przed pozornością promienną Apolla. Jest ciemnym wyrzutem dźwigającym się z zakątów dyszy podczas złocistej, strugami wina perlącej biesiady. *Memento mei!!...*

Majaki myśli osnuwały mnie coraz gęstszemi złożami, że ukołysany mocnym ich obrzaskiem, zasnąłem. Spałem długo. Gdy zbudzony turkotem przygodnego wozu rozwarłem ociężałe powieki, słońce już skłaniało się ku zachodniej stronie. Ubrałem się i wyszedłem na miasto. Obraz z ubiegłej nocy nie dawał mi spokoju, zajmując sobą podrażnioną uwagę. Czułem, że chcąc pracować dalej w obranym kierunku, muszę rozwiązać ten problem, który nadciągnąwszy z horyzontu niepokojącą chmurą, domagał się uporczywie, by się nim zająć dokładniej.

Należało zacząć od mieszkańca podleśnego domku. Zasiągnąłem tedy języka i niebawem dowiedziałem się, że jest nim stary leśniczy, niejaki Żręcki. W okolicy uchodził za dziwaka. Przyjęty przed laty do służby w lasach hr. S., spełniał obowiązki sumiennie i bez zarzutu. Hrabia nie mógł się go nachwalić i chociaż Żręcki był już człowiekiem starym i steranym podobno burzliwą młodością, nie chciał go zastąpić innym.

Lecz od ludzi stronił ponury starzec. — Unikał wszelkich hucznych zebrań, uciekał, jak przed zarazą, przed gwarem miasteczka i z wielką niechęcią, tylko na usilne naleganie hr. S. urządzał dworskie polowania. — Spotykano go też rzadko w miejscach ludniejszych, podczas małomiasteczkowych kiermaszy. Zaszywał się na cały dzień w borach, które znał na wylot, lub też gdy pora uwalniała go od włóczęgi po lasach, ślęczał w domu. U siebie nie przyjmował nikogo, sam rzadko tylko niedzielami po południu zaglądając do jednej z mniej odwiedzianych oberz, gdy zmuszony brakiem wyszłych ładunków, spieszył do miasta po świeży zapas.

W tych warunkach nie spodziewałem się łatwego wyświetlenia zagadki, jaka ciemnymi konturami rozsiadła się na zasłonie jego okna. Musiałem czyhać dopiero na sposobność, któraby pozwoliła mi zbliżyć się do dziwaka, spoufalić się z nim i zbadać naocznie wnętrze. Tymczasem urządziłem parokrotnie porą nocną wycieczkę w stronę leśniczówki, by przekonać się, czy cienie nie znikły, czy nie padłem ofiarą chwilowego przywidzenia.

Lecz okazało się, że to, co widziałem po raz pierwszy, nie było wcale czczą złudą: w każdym razie ten sam dziwnie straszny obraz ciemniał na białym muślinie. — Owa sztywna niezmienność podnieciła mnie jeszcze bardziej i niecierpliwie wyczekiwałem na upragnioną okazyę zawarcia bliższej znajomości ze Żręckim.

Wreszcie nadarzyła się. Pewnej niedzieli zaszedł do wspomnianej gospody po naboje. Lecz transport spodziewany zawiódł i starzec zniechęcony zabierał się powrotem do swojej samotni. Mając w domu sporo ładunków, postanowiłem wyzyskać sytuacyę i bezzwłocznie przystąpiłem doń z propozycyą, czyby nie zechciał przyjąć odemnie potrzebnej amunicyi. Żręcki spojrzał zrazu nieufnie, lecz, że widocznie brak naboi odczuwał bardzo dotkliwie, uścisnął mi z wdzięcznością rękę na znak zgody. Wtedy przedstawiłem się i zaprosiłem go do siebie, by wręczyć mu worek z kulami. Przystał, choć widocznie z ociąganiem się. Znalazłszy się w zacisznem mem ustroniu, nagle jakby ukojony odludnym wyglądem domu, uspokoił się. Jego siwe, zmęczone oczy przestały tedy rzucać naokół spojrzenia napół dzikie, napół wylękłe, ruchy nabrały powolności właściwej podeszłemu wiekowi. Obecność ludzi znać go denerwowała. Mimo to widziałem, że rwał się do lasu, pragnąc jak najprędzej załatwić sprawę. Chciał mi płacić za proch i kule, lecz stanowczo odmówiłem. Starzec długo wahał się, czy ma przyjąć ofiarowany podarek, wreszcie jednak na usilne me prośby nie tylko ustąpił, lecz dał się nawet zatrzymać do wieczora. Czas spędziliśmy nader przyjemnie. Żręcki był człowiekiem ogromnie miłym i w obejściu niezwykle łagodnym. Chociaż większą część życia spędził w lasach lub na awanturniczych wyprawach, nie brakło mu pewnej subtelności uczuć i delikatności w obcowaniu.

Sprawiał dziwne wrażenie. Wyglądał na człowieka, który wiecznie czegoś się lęka, nagle nasłuchuje, czy nie nadchodzi ktoś niepożądany. Niespokojnie biegające oczy starca powlokła jakaś smutna zaduma, szczególnie odbijająca od ich ruchliwości.

Wyraźnie unikał wszelkich szczegółów osobistych, zwłaszcza tych, które mogły rzucać pewne światło na przeszłość. Mówił o rzeczach ogólnych lub bieżących, na które miał pogląd trafny, pełny praktycznej mądrości życia. Był, zdaje się, głęboko wierzący, wnioskując z paru powiedzeń nacechowanych duchem religijno-mistycznym.

Na ogół podobał mi się bardzo i starałem się zaraz tego pierwszego wieczora zaskarbić sobie jego względy. Jakoż wysiłki moje uwieńczył pożądany skutek. Żręcki począł spoglądać na mnie wzrokiem coraz spokojniejszym, a równocześnie życzliwszym i z większą dozą ufności. Gdyśmy koło 8-mej wieczorem rozstawali się niedaleko leśniczówki, do której go odprowadziłem, miał łzy w oczach i serdecznie mi ściskał rękę. Żegnając się, umówiliśmy się o schadzkę za parę dni; starzec obiecał mnie wziąć z sobą na głuszce.

Tak zawiązana znajomość nabrała wkrótce cech niemal zażyłej przyjaźni. Żręcki z ochotą wdawał się ze mną w długie rozmowy, wśród których zwolna, niespostrzeżenie uchylał rąbka z swej burzliwej przeszłości. Z opowiadań tych dowiedziałem się, że w młodości włóczył się po całym świecie, odbył parę kampanii w rozmaitych częściach świata, poczem ożenił się z piękną, ukochaną kobietą. Lecz utraciwszy żonę niebawem, znów rozpoczął włóczęgę, która steranego laty, po przebyciu długiego więzienia z powodu przestępstw politycznych, wreszcie zapędziła w lasy hr. S.

Tu postanowił dokonać niespokojnego żywota.

Chociaż przytoczył mi wiele szczegółów z swej awanturniczej przeszłości, mimo to z pewnych luk w ciągłości opowiadania wnosiłem o niejakich przemilczeniach; nie chciał, czy nie mógł wszystkiego powiedzieć.

Chociaż stosunki moje z nim były prawie przyjazne, przecież nie zaprosił mnie ani razu do siebie; widywaliśmy się w miasteczku, na polu, na drogach leśnych, lub u mnie w domu. Trochę mnie tym irytował, gdyż właśnie na wnętrzu leśniczówki najwięcej mi zależało. Ponieważ wpraszać się gwałtem również nie chciałem, choćby z obawy wzniecenia podejrzeń, więc nie pozostało mi nic innego, jak podstęp. Użyłem go choć niechętnie.

Raz po upalnym dniu nad wieczorem rozszalała okropna burza rozświecana ogniem błyskawic, gromka posetnem echem piorunów. Deszcz lał strugami, na zmierzwionem niebie dymiły w dzikiej pogoni skłębione chmury.

Postanowiłem skorzystać z ulewy, na którą już od dawna czekałem. Wdziałem wysokie skórznie, grubą gumową kurtę i takiż kapelusz i przewiesiwszy torbę myśliwską wraz ze strzelbą przez plecy, ruszyłem ku leśniczówce.

Plan mój był prosty. Zaskoczony rzekomo przez burzę w lesie podczas dalszej wycieczki w głąb w porę spóźnioną, zamierzałem pod tym pozorem wejść pod dach Żręckiego i tu przeczekać czas jakiś, póki się trochę nie uspokoi. Upozorowanie mogło być o tyle udatne, że dom starego myśliwca stał od miasteczka w odległości znacznej, a droga pośrodku wijąca się między czystemi polami w tak straszną zlewę była nieznośna. Jako więc dobry znajomy miałem zupełne prawo do gościnności gospodarza.

Stanąwszy na miejscu, zaszedłem umyślnie od strony lasu, by spojrzawszy w okno, przekonać się, że starzec u siebie. We wnętrzu pełgotała nocna lampka, na muślinowej firance odcinała się zesztywniała w bezruchu przykra scena. Tylko cień głowy w pośrodku chwiał się jak zwykle w beznadziejnem zwątpieniu. Żręcki siedział tedy w domu pogrążony w ponurej zadumie, gdyż teraz już nie wątpiłem, że ruchoma sylweta na dolnym brzegu zasłony do niego należy.

Zapukałem gwałtownie do drzwi. Po chwili odezwały się ciężkie kroki w sieni, a wkrótce potem nieufne pytanie:

— Kto tam?

— To ja! Nie poznaje pan po głosie?

Odpowiedziało milczenie.

Zastukałem powtórnie.

— Na miłość Boską otwórz pan! Przemokłem do nitki, a do miasta daleko.

Widocznie stary nie poznał mnie, bo z poza drzwi rozległo się ponowne pytanie:

— Kto tam u licha?

Wymieniłem nazwisko. — Wtedy drzwi cicho skrzypnęły i w otworze ujrzałem Żręckiego.

Znać nie był bardzo zadowolony z niespodzianych odwiedzin, lecz racye, jakie przytoczyłem, prawdopodobnie przemówiły mu do serca; pokrywając bowiem niezadowolenie bladym uśmiechem, zaprosił mnie gestem ręki do środka, poczem natychmiast starannie zasunął skoble.

Wszedłem do sieni. Po obu jej stronach były drzwi do izb mieszkalnych. Starzec zawahał się, dokąd mnie zaprowadzić. — Była chwila, że kładł już rękę na klamce od drzwi prawych, wiodących do ciemnego pokoju od pól i miasta, naprzeciw izdebki oświetlonej lampką, owego tajemniczego wnętrza, skąd sam przed chwilą wyszedł, zaniepokojony nocnem najściem. Lecz niebawem zmienił zamiar i skinąwszy głową, wprowadził mnie do zagadkowej izby.

Skwapliwie objąłem spojrzeniem tę małą przestrzeń, do której przystępu tak zazdrośnie bronił jej mieszkaniec. Ku swemu zdumienie niu[7] ujrzałem w środku nikogo. — Oprócz nas dwóch nie było w pokoju żywej duszy. A gdzie tamci, których cienie widziałem przed chwilą na oknie? Przez jedyne drzwi, jakiemi wszedłem, umknąć nie mogli, a innych nie było. — Spojrzałem uważnie na muślinowy ekran w nadziei, że cienie znikły.

Przypuszczenie jednak zawiodło: rysowały się nadal w nieruchomo groźnej wyrazistości. Brakowało tylko profilu środkowego, gdyż ten, jak trafnie zgadłem, należał do leśniczego; stojąc teraz za źródłem światła w głębi izby, nie rzucał Żręcki na zasłonę cienistej projekcyi swej twarzy.

Rozglądnąłem się ciekawie po pokoju. Był czworoboczny, niski, zadymiony pułapem. W pośrodku stał stół prostokątny krótszym bokiem równoległy do okna. Na nim tlała gorączkowym płomieniem mała lampka, kopcąc nierówno uciętym knotem. Przy stole, nieco bliżej okna przystawione do dłuższego boku było krzesło, które prawdopodobnie opuścił przed chwilą Żręcki, idąc mi otworzyć.

Bystra obserwacya, jakiej poddawałem izbę, nie uszła znać uwagi starego myśliwca. Widocznie chcąc mnie zająć czem innem, posadził tyłem do okna i począł rozpytywać o szczegóły mej rzekomo do zbyt późna przeciągniętej wyprawy łowieckiej. Zmyślałem, jak mogłem, opowiadając to o tem, to o owem. Stary zdjął z półki trochę upieczonej dziczyzny, ja wydobyłem z torby wędlinę, otworzyłem puzdro z likworami i zaczęliśmy się raczyć na prędce zaimprowizowaną wieczerzą.

Żręcki zrazu mocno zakłopotany i usilnie starający się oderwać mnie od wypatrywania szczegółów mieszkania, powoli ożywił się i jakby zapomniał o środkach dziwnej swej ostrożności. Rozmowa nasza przybrała charakter przyjacielski, serdeczny, padały słowa ciepłe, w pół drodze do zwierzeń.

Mając teraz więcej swobody, obróciłem się wygodnie ku oknu i wodziłem bacznem spojrzeniem po otoczeniu. Gospodarz zauważył uporczywe rzuty mych oczu wciąż skierowanych w tę stronę, lecz już nie przeszkadzał. Tylko chmura, jakby bolu, przeciągała od czasu do czasu po jego zbruzdżonem głęboko czole i smutek przewijał się po zawiędłych rysach. — Ja tymczasem kończyłem mą obserwacyę z pomyślnym wynikiem.

Niebawem przekonałem się, że ów złowieszczy obraz na zasłonie

---

7 błąd w druku — *zdumieniu nie.*

utworzyły cienie rzucane przez rozmaite przedmioty zawarte w pokoju. Było ich zresztą niewiele. Opodal stołu tuż przy lewej ramie okna stał duży dębowy kredens; sprzęt był w stosunku do pokoju za wielki tak, że wsunięty we węgieł między ścianami, górnem skrzydłem zachodził trochę za okno i zasłaniał jego brzeg lewy. Na szczycie ozdobionym rzezanymi wzorami widniało parę starych lichtarzy, jakiś przedmiot klejony z kartonu robiący wrażenie rzeczy przewróconej od jakiegoś rzutu i w tej nienaturalnej pozycyi pozostającej dotąd. Z tej strony sufitu zwisał też w pobliżu kredensu bronzowy pająk, zda się zabytek lepszych czasów, lub droga pamiątka dziwnie nie harmonizująca z otoczeniem; jedno jego ramię nadwerężone opadało nieco ku dołowi, trzymając się tylko drugim końcem właściwego trzona — jak ręka odchylona od piersi z rozstawionymi kurczowo palcami... Cienie wymienionych przedmiotów złożyły sie na utworzenie widmowego wizerunku człowieka ugodzonego na lewym brzegu zasłony.

Cienie zawieszonych na nim przedmiotów przez szczególne zestawienie linii nakreśliły śmiały profil strzelającego mężczyzny.

Zapatrzony w okropną igraszkę cieni, nie słuchałem już tego, co mówił Żręcki, jakby zahypnotyzowany wyjątkowością przypadku.

— Czy starzec wiedział o dziwnym obrazie? A jeśli tak, dlaczego go tolerował?

A on jakby odpowiadając na tajemne pytanie, oparł mi ciężką rękę na ramieniu i zmienionym głosem wskazując rzutem oczu okno, zapytał:

Prawda, że to okropne?

Gdy przejęty grozą milczałem, podjął:

— A ja na to patrzeć muszę noc w noc od szeregu lat bez przerwy. Co wieczora, gdy tylko zaświecę mą lampkę, tam na tym białym czworoboku pełni się to samo. I ja na to patrzeć muszę temi staremi, biednemi oczyma, jak ojciec, ich ojciec...

— Jakto musisz pan?! Co to znaczy?! Przestaw pan sprzęty, zmień ich układ, a wszystko szczeźnie jak mara!

I już się porwałem z miejsca, by bezzwłocznie wprowadzić w czyn swą radę.

Lecz Żręcki zatrzymał mnie żelazną swą ręką i posadził z powrotem na krześle:

— Ani się waż!! W tej izbie nie można przesunąć niczego choćby na cal! Tego mi czynić nie wolno! Rozumiesz?! Nie wolno!...

— Dlaczego?

— Bo... — tu zniżył głos do tajemniczego szeptu i oglądając się wkoło przerażonym wzrokiem, dokończył:

— Bo to, co tam widzisz, zaszło naprawdę przed laty...

Urwał przerażony doniosłością własnego wyznania.

Milczałem przejęty uczuciem niepojętego lęku, wpatrując się machinalnie to w cienie, to w niego.

Po długiej chwili głębokiej ciszy przerywanej tylko nikłym pełgotem lampki, Żręcki przechylił się przez stół ku mnie i mówił:

— Słuchaj pan. Tajemnicy, którą ci zwierzam, nie znał dotąd nikt prócz mnie i Boga. Ja ci ją powiem, chociaż okropna, chociaż mi życie złamała. Polubiłem cię młody człowieku — tak mi żywo przypominasz mego młodszego syna. Wiem, że może nie zdradzisz. Gdy umrę, opowiesz innym; może się na co przyda...

— ... Jak ci wiadomo, miałem kiedyś żonę. Była łagodna i cicha. Ja, awanturnik, włóczęga nieuleczalny pod wpływem tej kobiety zmieniłem się do niepoznania; zacząłem prowadzić życie osiadłe. Mieliśmy dzieci: dwóch synów — Władysława i starszego Zbigniewa. Niestety dobroczynny wpływ matki przestał na nich działać, niebawem umarła, gdy byli jeszcze nieletnimi chłopcami. Mieszkaliśmy wtedy w M...sku.

Wychowaniem sierót zająłem się z całą troskliwością gorąco kochającego ojca. Może byłem za słaby, może za dużo pobłażałem.

Rozwijali się szybko, zdrowi, silni. Lecz już od najwcześniejszych lat wystąpiły zasadnicze różnice charakterów. Zbigniew, natura chłodna, opanowana, zdradzał rychło instynkta dzikie, złe i przewrotne. Stąd poszła cicha jego niechęć do młodszego Władysława, chłopca o charakterze popędliwym, czasem nazbyt gorącym, lecz czystym i szczerym jak złoto.

Gdy dorośli, gnani odziedziczoną po mnie chętką do przygód, poszli w świat. — Nie broniłem pod warunkiem, że od czasu do czasu dadzą znać o sobie, lub sami zaglądną. Wtedy to osamotniony przeniosłem się w tutejsze strony i osiadłem w tych lasach. Nikt nie wiedział, żem ojcem dwóch synów. Niebawem otrzymałem od Władka złe wieści o starszym. Zbigniew zszedł na manowce. Z awanturnika w szerokim, pięknym stylu stał się człowiekiem nędznym, jednostką lichą, szkodliwą. Zaczęły krążyć o nim dziwne pogłoski.

Były to burzliwe, niespokojne czasy. Kraj poniósł wiele ofiar, przelał wiele krwi dla celów szczytnych.

Władek, szlachetny młodzian całą duszą, należał do sprawy —

podobno był jednym z przewódców. Zbigniew przyjął na się rolę Judasza: jak przebąkiwano, był tajnym agentem rządu rosyjskiego, brał grube pieniądze.

Wtedy to na parę dni zawitał do mnie syn młodszy. W jednej z potyczek z Moskalami otrzymał postrzał i musiał się leczyć. Przyjąłem go z radością w ojcowskie swe progi i ukrywałem w tajemnicy przed ludźmi. Nikt ani nie domyślał się obecności rannego na leśniczówce. Jakoż dzięki staraniom moim szybko przychodził do siebie...

Pewnej nocy zakołatano gwałtownie do drzwi i zanim zdołałem ukryć syna, przez wywalone odrzwia wpadł tu do tej izby, w której siedzimy, Zbigniew. Był blady, jak ściana: nasi gonili go, przyłapawszy na zdradzie. Błagał o ratunek, prosił o schronisko.

Gdy słabo odmawiałem, czyniąc wyrzuty, Władek podniecony do najwyższego stopnia widokiem zdrajcy, porwał za strzelbę i wypalił. Gdy kula chybiła, strzelił powtórnie. Zbigniew zachwiał się, coś zabełkotał i chwytając się za serce, runął martwy...

Stało się nagle, niespodzianie, w mgnieniu oka. Nie mogłem przeszkodzić bratobójstwu... Lecz należało zatrzeć ślady; musiałem ocalić zabójcę. Tej samej nocy wspólnie pogrzebaliśmy w lesie zwłoki, zmyli krew na podłodze. Władkowi pozostała tylko natychmiastowa ucieczka. Przed świtem zmieniwszy odzież, opuścił niepostrzeżenie dom. Nikt go odtąd nie widział, nikt o nim nie słyszał: przepadł bez wieści. Może zginął... Gwałtowny był i prawy...

— — — — — — — —

Głos Żręckiego załamał się. Opuścił nizko głowę ku piersi i siedział w ponurem zamyśleniu. Nie śmiałem go przerywać, chociaż pytania tłumem cisnęły mi się na usta. Lecz on snać chciał tylko odpocząć na chwilę i skupić myśli. Po jakimś czasie, podniósłszy wzrok ku zasłonie, tak kończył przerwane zwierzenia:

— Zostałem tedy sam w tym pustym domu, sam z mą straszliwą tajemnicą. Nie śmiałem wychodzić pomiędzy ludzi, lękając się wszelkich wyjaśnień, któreby mogły zdradzić mego syna. Zresztą nieszczęście odstręczyło mi bliźnich; unikać ich począłem zrażony gwarem obojętnego mi życia. Skazany byłem na samotność. Całymi wieczorami przesiadywałem w tej izbie, przy blasku lampy, rozpamiętując wypadki owej strasznej nocy.

Ogarnęła mnie dziwna apatia. Nie ruszałem się prawie z miejsca, nie jadłem, nie sprzątałem. Grube warstwy pyłu pokryły sprzęty mego domu, podłoga niezamiatana przez czas dłuższy raziła wyglądem śmietnika. Opuściłem się wtedy zupełnie. Z tego odrętwienia wyrwało mnie spostrzeżenie, które uczyniłem w tydzień po wypadku.

Pewnego wieczora siedząc tu przy stole, rzuciłem mimowoli okiem na firankę i ujrzałem to... W pierwszej chwili myślałem, że halucynacya wyobraźni skupionej ciągle w jednym obrazie; lecz codzienne doświadczenie przekonało mnie, że jest inaczej, że cienie istotnie odtwarzają scenę bratobójstwa. Ten z lewej jest wiernem odbiciem profilu Zbigniewa, — strzelający oddaje w najdrobniejszych szczegółach rysy młodszego syna. — Tak wyglądali obaj w owej chwili. Nawet ruch padającego, ten konwulsyjny chwyt za serce — wszystko powtórzone z fotograficzną ścisłością. Rzecz szalona, nie do uwierzenia, a jednak prawdziwa, okropnie prawdziwa...

Tu starzec zamilkł powtórnie i smutnemi oczyma błądził po ekranie. Powodowany nieprzepartą chęcią, zapytałem:

— Sprawa istotnie zagadkowa. Lecz czy przedtem, przed wypadkiem nie zauważył pan nic podobnego?

— Ani śladu.

— Więc przedmioty nie rzucały cieni?

— Owszem, lecz te nie układały się w tę potworną scenę.

— Jakże więc to wytłómaczyć? Chyba po owej nocy zmienił pan ich układ, poprzestawiał sprzęty w pokoju?

— Bynajmniej. Nie ruszałem ich z miejsca. Bo i pocóż? Byłem tak apatyczny, że całemi godzinami siedziałem bezmyślnie na krześle. Nie — raczej przypuszczam, że te zmiany w układzie przedmiotów, a stąd i ich cieni zaszły właśnie krytycznej nocy i to częścią w chwili samego zabójstwa, częścią bezpośrednio potem. Albowiem po zbadaniu niektórych sprzętów przekonałem się, że uległy pewnym uszkodzeniom, których przedtem nie było. Zdaje się pierwszy, chybiony strzał idąc w górę, utrącił jedno spoiwo w ramieniu pająka, powycinał owe dziwne zygzaki w skrzydle kredensu i przewrócił klejonkę z tektury na szczycie. Stąd wytworzona nowa kombinacya cieni zarysowała postać zabitego. Na sylwetę zabójcy złożyły się cienie przedmiotów zawieszonych na stojaku jego własną ręką po dokonaniu czynu. Przypominam sobie, że przebierając się na prędce do ucieczki, pozostawił swą broń wraz z kurtą myśliwską na kołkach wieszadła. Wszystko pozostało tak nieruszone do dziś dnia. Nawet strzelby z której zabił brata, nie tknąłem od owego czasu; wisi tak samo odchylona, jak przed laty...

— Fizyczne przyczyny niesamowitego zjawiska są zatem najzupełniej wyjaśnione — wtrącił nieśmiało.

— Tak, masz pan słuszność. Najzupełniej. — Żręcki patrzył mi w twarz smutnemi, drwiąco uśmiechniętemi oczyma.

— Tak — poprawiłem się — to dziwne. Coś podobnego wstrząsnąć może i najbardziej zrównoważonym umysłem. — Sprawa obłąkana...

— Może teraz zrozumiesz młody człowieku, dlaczego mimo wszystko nie chcę przestawiać sprzętów. Oto poprostu nie mam odwagi. Jakiś szczególny strach paraliżuje mi rękę wyciągniętą w tym celu. To tak, jak gdybyś chciał złamać któreś z praw natury.
Tu starzec dźwignął się ciężko i prostując zawiędłą swą postać, dorzucił z obłąkaniem w oczach:

— Słuchaj pan! Boję się, w razie gdybym to uczynił, jakiejś zemsty ciemnej, z nienacka, niespodzianej — lękam się... potępienia... Ja tego zmieniać nie mogę, nie mam siły... Ja z tym obrazem związany do końca dni moich... Gdy tylko wieczór zapadnie, coś mię ciągnie nieprzeparcie do tego pokoju, jakiś nakaz tajemny zmusza do zapalenia światła i wpatrywania się w tragedyę chwil ubiegłych.
Czasami zapomniawszy się, odruchowo wyciągam ręce ku Władkowi, błagając, by nie zabijał i znów opadam na krzesło znużony i wyczerpany, póki sen nie przymknie mi ociężałych powiek...
Skończył. Była czwarta nad ranem. — Lampka zadrgawszy ostatnim podrzutem, zagasła. Znikły złowieszcze cienie.
Odetchnąłem, otworzyłem okno. — Z dworu poczęły wchodzić cicho w izbę modre jaśnie rozbrzasku, od lasów spływał rzeźwy zapach drzew. Gdzieś na gałęziach ptaszki strzepnąwszy rosę, kwiliły zaranne skargi, budził się wiatr na dzienne znoje...
Postąpiłem ku Żręckiemu. W milczeniu podał mi rękę. Ucałowałem dziwnie wzruszony.
Wtedy objął mię jak syna i położywszy mi dłoń swą na głowie, coś cicho szeptał...

W WILLI NAD MORZEM

Krągłe, miękko zwiewne obłoczki dymu wysnuwały się zwolna z kształtujących je ust, położyły w karbowanych falisto pierścieniach i roztapiały na lazurowem tle nieba. Cygara były wyborne; delikatnie zwinięte liście żarzyły się wonnie, ulatniając soczystą, szlachetnie ześrodkowaną treść. Paliliśmy powoli, zaciągając się z maestryą, jak znawcy. Znakomite miał hawana Ryszard Norski. Przymknąłem senne nieco poobiedną porą oczy i z rozkoszą rzuciłem się wstecz w ramiona bujaka. Dobrze mi tu było i wygodnie.

Siedzieliśmy na marmurowym tarasie willi wysoko wzniesionej nad brzegiem morza. Stąd widziałem je jak na dłoni. Lśniący, jak lustro, zdobny mozajką taras, na którym stały nasze stoliki z czarną kawą, był na jednym poziomie z murem okalającym willę.

Morze drzemało. Dziewiczy szmaragd wełn wydawał się ciemniejszy, jako zwarty w masie i nie podrywany wiatrem. Od czasu do czasu leniwy odruch roztoczy wspinał się pluszczącą pieszczotą na brzeżne załomy i spłukawszy skały, powracał bezwładnie w łożysko. Czasem skrzydlata flotyla barek, piórolekkich łodzi wymknęła się z uwięzi portowej i powiewając koszenilową banderą, sunęła chyżo po łagodnej fali. Czasem na horyzoncie przewinął się smukły yacht spacerowy i zczezał w dali, wlokąc za sobą długi cylinder dymu...

I przystań zdrętwiała w skwarze południa. Ustała praca w dokach, zamilkły gwizdy świstawek, zwinęły skrzydła parowe albatrosy i cicho, opróżnione stały na kotwicach.

Gdzieniegdzie zabłąkał się na pokładzie ogorzały od wiatrów majtek i siadłszy na zwoju lin, nucił nieśmiertelną „Palomę". — Gdzieniegdzie przesunął się jak cień wśród czarnych kadłubów pilot portowy i uwiązawszy łódkę łańcuchem u brzegu, znikał w czeluściach hali wchodowej...

Zresztą senność i spokój. Godzina popołudniowego wczasu... Cofnąłem rozmarzone słodkiem lenistwem oczy z linii morza i zatrzymałem na najbliższem otoczeniu pod tarasem. Przesuwałem się z lubością po jedwabistych piersiach róż, ślizgałem lekko po kwiecistych gałązkach magnolii, pomarańcz, błądziłem w myśli rozkochaną dłonią po smukłej kibici tuj.

— Rozkosznie u ciebie, Ryszardzie. — Mieszkasz, jak król. Nie chce mi się stąd ruszać. Tu wszystko upaja, czaruje. Uśmiechnął się zadowolony pod cienkim, kruczym wąsem.

— Podoba ci się? To dobrze. Istotnie niezłe mieszkanko na lato. Mówił powoli, podobnie jak ja znużony upałem pory poobiedniej.

Bawiłem u niego w gościnie od tygodnia, odwiedziwszy po wielu latach niewidzenia się. Ryszard Norski był mym dalekim kużynem i kolegą szkolnym. Po ukończeniu liceum drogi nasze rozeszły się. Odnowiliśmy stosunki jako mężczyźni dojrzali. Ryszard był wtedy już wdowcem. Niegdyś znałem go dość dobrze. Ambitny do szaleństwa, w przystępie zazdrości umiał być straszny. Pamiętam, gdy raz jeden z kolegów opisał wiosnę piękniej od niego, wymierzył mu policzek i w wywiązanej stąd bitce ciężko go zranił.

Szczególnie wygórowaną była ambicya Ryszarda na punkcie sławy literackiej. Już na szkolnej ławie marzył o rozgłosie wielkiego pisarza. Czy uroszczenia jego miały jaką racyonalną podstawę, jako niekompetentny powiedzieć nie mogę. Podobno nie był bez talentu. Zresztą nie śledziłem postępów jego na tem polu, oddany mym zawodowym pracom. Tylko od czasu do czasu słyszałem od znajomych, że pisze i wydaje.

Potem ożenił się bogato i podobno szczęśliwie.

Pani Róża Norska należała w swoim czasie do piękności stolicy; o względy jej ubiegała się najświetniejsza młodzież w kraju. Posiadł ją Ryszard. Czy wyszła z miłości nie wiadomo. Chodziły wersye o serdecznym stosunku, który miał ją łączyć przed małżeństwem z pewnym młodym poetą, podobno nawet przyjacielem Norskiego. Dlaczego oddała rękę innemu, po dziś dzień jest dla mnie zagadką. Może tamten był zbyt dumny, by pojąć za żonę bogatą Różę z Wrockich, może ona postanowiła o jego losie inaczej. Sprawy mi nieznane, już dawno zasnute przeszłością. Mówią, że była kobietą ekscentryczną i rządziły nią chwile. Została żoną Ryszarda.

Znaczny majątek, który mu wniosła za sobą, pozwalał Norskiemu na życie wystawne, bez troski.

Podróżował dużo, jesienie i zimy spędzał stale na południu. Pani Róża odumierając go, zostawiła mu w spadku synka Adasia i wielką fortunę.

Odnalazłem go po piętnastu latach mężczyzną w sile wieku, rosłym i tęgo zbudowanym. Lubiałem go i z przyjemnością zajechałem doń na czas dłuższy. Łączyło mnie z nim zamiłowanie do piękna i wytwornego trybu życia, przynęcało wcale wysokie pojęcie o jego inteligencyi i poziomie umysłowym. Poza tem był kolegą lat młodych i dalekim kuzynem. Być może kazało mi zawitać w jego progi jeszcze i coś innego, czego określić nie umiem, jakaś siła przyciągająca nieświadomie z dali, szczególny przypadek, nie wiem...

Przytknął do soczystych, pąsowych warg czarkę z czarną kawą i wychyliwszy do połowy, wyjął ze srebrnego puzdra świeże cygaro.

— Gdzie podział się Adaś? — zapytałem, przypominając sobie chłopca, który przed chwilą jeszcze głośno swywolił dookoła gazonu.

— Pewnie znowu koło altany.

I podniósłszy się z fotelu, zawołał dość ostro na syna.

W tej samej niemal chwili wypadł z bocznej ścieżki i stanął na stopniach tarasu szczupły, dziesięcioletni chłopczyk o jasnych, na ramionach spadających kędziorach. Czarne, smutne oczy dziecka z pewnym lękiem spoczęły na twarzy ojca.

— Gdzie byłeś!? Dlaczego kryjesz się ciągle po kątach?

— Byłem w altanie tatusiu, czytałem książkę.

— Dlaczego tam wiecznie zaglądasz? Tyle ci już razy mówiłem, żebyś się bawił tu na słońcu. Nieposłuszny jesteś Adasiu.

Bladą, nerwową twarz chłopca omroczył cień żalu. Cicho pocałował ojca w rękę i odszedł w głąb domu...

— Właściwie nie rozumiem, dlaczego mu zabraniasz przebywać w altanie? — zapytałem po krótkiem milczeniu. — Chłodnik jest bardzo przyjemny, zwłaszcza przy dzisiejszym upale.

— Boję się, czy właśnie tam nie będzie dlań za chłodno. W tym kącie pod murem jest utajona wilgoć. A on, jak ci wiadomo, dość wrażliwy na podobne rzeczy.

Mówił spiesznie, nie patrząc na mnie, widocznie niezadowolony z mej interwencyi. Zauważywszy jego rozdrażnienie dałem pokój i zmieniłem temat. Zaczęliśmy rozprawiać o literaturze, o jej najnowszych prądach i wpływach zagranicy. Ryszard ożywił się i ze swadą wtajemniczał mnie w objawy literackiej ostatniej doby, nie omieszkując wspomnieć i o sobie. Wkońcu zaproponował mi, czybym nie zechciał posłuchać kilka jego utworów. Przystałem z prawdziwą przyjemnością. Za chwilę wyniósł z pokoju wiązkę rękopisów i zaczął czytać.

Były wiersze. Wprawdzie znawcą nie jestem, lecz niegdyś czytałem dużo i odczuwam poezyę dość silnie. Utwory Ryszarda zrobiły na mnie szczególne wrażenie. Forma była bez zarzutu. Wzorowe sekstyny toczyły się gładko, rytmicznie. Treść była przeważnie myślowa. Rzecz jednak szczególna: zdało mi się, że podobne wątki już gdzieś raz słyszałem.

Poematy Ryszarda wyglądały jakby ciąg dalszy, konsekwentne rozwinięcie motywów dawniej mi gdzieś znanych. Nie było to to samo, lecz jakby stylowe przedłużenie.

Tak, należałoby się spodziewać, tworzyć będzie ktoś, którego dawniej gdzieś czytałem. Lecz była między tymi dwoma ludźmi zasadnicza różnica: tamten, którego nazwiska nie mogłem sobie na razie przypomnieć, pisał sercem i stąd jego liryka refleksyjna wzruszyła; utwory Ryszarda natomiast lśniły jak brylantowa klinga blaskiem zimnym, lodowo-skrzącym; wiało od nich wytwornym chłodem. To był całkiem inny człowiek. — Lecz kto był tamten drugi?

Chęć przypomnienia sobie była tak silną, że mimowoli przestałem słuchać z uwagą Ryszarda i wytężyłem całą pamięć w poszukiwaniu zgubionego nazwiska. Nagle zabłysło mi na mglistym ekranie przeszłości czerwonemi głoskami: Stanisław Prandota.

Tak! To on!

Wynurzenie się tego nazwiska z mroków zapomnienia wstrząsnęło mną do głębi, nawodząc na myśl jego przedwczesną śmierć.

Prandotę poznałem niegdyś osobiście za pośrednictwem Ryszarda, z którym łączyły go rzekomo stosunki przyjazne. Subtelny, pełen wysokiej kultury umysł młodzieńca zadziwił mnie już wtedy i kazał rokować piękne nadzieje. Umiał przedziwnie pogodzić skłonność do refleksyi filozoficznej z głęboką, serdeczną uczuciowością, która przeglądała z oczu przepojonych cichą melancholią.

Po raz ostatni widziałem go przed laty u Ryszarda w dzień mego rozstania z kuzynem. Potem nie spotkaliśmy się już więcej w życiu. Przed miesiącem miał zatonąć podczas burzy na „Jaskółce", parowcu, którym odbywał podróż ku brzegom południowej Ameryki. W liście pasażerów, pozostawionej przez kapitana statku w porcie, umieszczono na czele jego nazwisko. Wprawdzie, jak donosiły później dzienniki, parę osób nie zgłosiło się w porę na pokład odjeżdżającej „Jaskółki", lecz nazwisk nie podano. W każdym razie odtąd nikt nigdzie Prandoty nie widział. Bardzo tedy prawdopodobnem, prawie pewnem było przypuszczenie, że zginął na morzu podczas nawałnicy. Tak też zgodnie powtarzały wszystkie pisma.

Zginął młodo, wzbudzając powszechny żal u tych, co umieli ocenić tkwiące w jego początkowych utworach zarodki pierwszorzędnego talentu.

Sam nie wiem, jak się stało, że o tym tragicznym zgonie dotąd z Ryszardem nie zamieniłem ani słowa. A przecież od niego powinienem był usłyszeć niejedno o Prandocie, zwłaszcza, że wsiadał na statek właśnie w tutejszym porcie za bytności Norskiego.

Korzystając tedy z krótkiej przerwy w czytaniu, zwróciłem się do Ryszarda z pytaniem:

— Kiedy widziałeś się z Prandotą po raz ostatni? Czy nie wkrótce przed katastrofą? Podobno odbijał od tutejszego brzegu?

Norski oderwał gwałtownie oczy od rękopisu i wlepił je we mnie ze szczególnym wyrazem. Pytanie widocznie zaskoczyło go znienacka i w pierwszej chwili nie zrozumiał, skąd się wzięło. Lecz niebawem znać zoryentował się i wtedy na moment pojawiły się na tej marmurowej twarzy jakieś dziwne, zagadkowe błyski. Co miały oznaczać te dzikie linie sfałdowanych nagle mięśni, jakie należało im podłożyć odpowiedniki uczuciowe — trudno mi było określić. Lecz trwało to tylko przez nieuchwytnie małą chwilę; olbrzymim wysiłkiem woli opanował się i wrócił do zwykłej nieprzeniknioności. — Przybladł tylko nieco i smutno odparł:

— Tak. Domysł twój trafny. — Istotnie odwiedził mnie przed odjazdem. Nawet...

Przerwał, jakby namyślając się, czy należy dokończyć w zaczętym sensie. — Lecz wkrótce wahanie ustąpiło i niemal wyzywająco odpowiedział:

— Nawet, nie uwierzysz... wpadł tutaj na godzinę przed wstąpieniem na statek. Zjedliśmy obaj lekki obiad, poczem odprowadziłem go do portu. Biedny chłopak! Tak mu było do twarzy w małem szafirowem kepi, które włożył fantazyjnie do podróży.

Ostatnie słowa brzmiały trochę dziwnie. Chyba piękne kepi nie stanowiło naczelnej ozdoby Prandoty. To też nie mogłem wstrzymać się od podkreślenia tego, o co chodziło.

— Strata niepowetowana. Jestem najgłębiej przekonany, że w tem jasnookiem, dobrem dziecku pewnego dnia objawiłby się pierwszorzędny liryk. Co za serdeczność, co za przepastność uczucia!

W oczach Ryszarda tlały jakieś żółte światła.

Gdy spostrzegł, że mu się przypatruję, przymknął lekko powieki i wypuszczając gęsty kłąb dymu, wycedził spokojnie:

— Być może. Zdaje mi się jednak, że przesadzasz. Chociaż był moim druhem od serca, nigdy zbyt wysoko nie stawiałem jego talentu. Był trochę za sentymentalny. Czy nie miałbyś ochoty przejść się trochę przed zachodem po plaży? Pora przecudna. Do kolacyi mamy jeszcze sporo czasu.

Dokończył cygara i strząsnąwszy resztki popiołu, rzucił niedogarek do perłowego wnętrza muszli.

Przykro dotknięty, udałem przecież, że wszystko w porządku i z wyszukaną ochotą podniosłem się z nim do wyjścia.

Gdy wróciliśmy pod wieczór do domu, był w najlepszym humorze i podczas wieczerzy nieustannie żartował z Adasia. A jednak zauważyłem, że od czasu do czasu cień przelotny przesunął się po jego pięknej, męskiej twarzy i parę razy pochwyciłem wzrok, spoczywający na mnie ze szczególną uwagą.

— — — — — — — — — — — — — —

Od owego popołudnia minęło parę tygodni.

Na pozór nic się nie zmieniło w mym stosunku do Ryszarda, z którym jak dawniej prowadziłem długie rozmowy, odbywałem wspólne przechadzki i przejażdżki po morzu. A jednak czuliśmy obaj, że coś zaszło, że jakiś cień padł klinem pomiędzy nas i rozdziela coraz silniej. Czując to, właściwie należało mi pożegnać go i opuścić willę. Jeżeli tego nie uczyniłem, to chyba dzięki specyalnemu zwarciu się z tym człowiekiem, który od dłuższego czasu był dla mnie zagadką trudną do rozwiązania.

I jemu widocznie ciążyła moja obecność we willi, lubo usilnie starał się zamaskować wszelki ślad niechęci. A jednak widziałem to dobrze z wyrazu twarzy, rzutów oczu, z rozmów prowadzonych w sposób wymuszony i ostrożny. — Wogóle Norski sposępniał i zmienił się w tych ostatnich czasach bardzo. Często się zamyślał nad czemś głęboko, na pytania odpowiadał niechętnie, unikał stale pewnych tematów; i tak od pamiętnego dnia nie mówiliśmy ani razu o ś. p. Prandocie. Podobnie nie poruszyliśmy odtąd zgoła kwestyi literackich; gdy przypadkiem zwracałem konwersacyę na zmierzające ku temu tory, zręcznie przechodził do rzeczy luźnie tylko z literaturą związanych, poczem oddalał się skwapliwie coraz to bardziej od drażliwego punktu.

Zresztą banalność naszych dyalogów wetowała mi wspaniała biblioteka gospodarza, która w każdej porze stała przedemną otworem. To też całemi godzinami, zwłaszcza rano, zatapiałem się w lekturę.

Jednak rzecz dziwna: Wśród poetów doby ostatniej, reprezentowanych tutaj wcale pokaźnie, nie mogłem znaleźć ani jednego tomiku Prandoty. Mimo to, nie chcąc rozdrażniać Ryszarda, nie zwróciłem na to uwagi.

Wśród tego począłem ulegać jakimś specyalnym zmianom, z których zrazu sam sobie sprawy nie zdawałem, gdyż przejawiały się w sposób raczej zewnętrzny. Ryszard przeciwnie zauważył, że coś się ze mną dzieje i to, rzecz szczególna, z pewnem niezadowoleniem, a nawet obawą.

Widocznie coś go we mnie uderzyło. Parę razy bacznie śledził mą gestykulacyę dość ożywioną podczas roztrząsania zajmującego tematu i wtedy ujrzałem na jego twarzy wyraz zdumienia, połączony z odcieniem niepokoju. Na razie jednak nie zrobił mi pod tym względem żadnej uwagi. Powodowany ciekawością, postanowiłem go koniecznie o to zagadnąć.

Niebawem nadarzyła się dogodna sposobność.

Było rano, po śniadaniu. Obaj w lekkich domowych strojach siedzieliśmy na werandzie. Ryszard czytał jakąś książkę, gdy ja spoglądałem na morze, trochę w tej chwili niespokojne. Naraz zwróciły mą uwagę szybujące tam i napowrót mewy. Oto niespodzianie wyodrębniła się jedna gromada i ukształtowała w szerokie białe koło, przez które pozostałe poczęły przefruwać długim łańcuchem. Widok był tak niezwykły, że przerywając Norskiemu czytanie, wskazałem ręką niebo.

Ten wprawdzie spojrzał w tę stronę, lecz mimowoli rzucił równocześnie okiem na mnie i dziwnie zmienionym głosem zapytał:

— Co ty robisz?

Na razie nie zrozumiałem go. Istotnie nie robiłem nic nadzwyczajnego. Podniosłem się tylko lekko na palcach i wyciągnąłem ręką w dal.

— Jakto co? Wskazuję na mewy.

— No tak, tak, zapewne. Ale czynisz to w taki sposób, że miałbym ochotę powiedzieć, iż gest ten jest ci obcy.

— Czy zauważyłeś coś podobnego u mnie dopiero dziś po raz pierwszy?

— Norski zwłóczył z odpowiedzią. Wreszcie rzekł niby obojętnie:

— Przyznam ci się, że rzeczywiście już od dłuższego czasu dostrzegam dziwaczną zmianę w twych ruchach. Mam wrażenie, że gesty, które wykonujesz, to nie te dawne, twoje, do jakich przywykłem, lecz jakieś obce, skądś przejęte; jak gdyby ktoś drugi kierował niemi, usadowiwszy się w twem wnętrzu. Wyglądasz na aktora, który genialnie wżył się w cudzą mimikę.

— Rzecz szczególna.

I mimowolnie obróciłem się ku lustru i przypatrywałem się sobie uważnie.

— Jeśli się jednak istotnie nie mylisz, bądź pewny, że robię to bezwiednie, odruchowo.

— A jednak jakaś przyczyna być musi...

Norski badawczo patrzył mi w oczy.

— Nie ulega wątpliwości. Prawdę mówiąc, zjawisko zaobserwowane przez ciebie na mojej osobie, które nazwałbym „ksenomimią", nie jest mi obcem. Śledziłem je u paru osób na klinice w obserwatoryum psychologicznem. Można tu wogóle postawić dwie hipotezy. Ksenomimia może wypływać z prostego zapatrzenia się na drugiego, jako na wzór i w tej formie występuje bardzo często u dzieci, gdy zmysł naśladownictwa jest tak silnie rozwinięty, że ruchy nabyte tą drogą, utrwalają się w późniejszem życiu. Oczywiście w naszym wypadku niema o tem mowy. Zmienione ruchy moje, o ileś mógł zauważyć, nie naśladują ni ciebie, ni Adasia, a zresztą z nikim tutaj od czasu, jak przybyłem, nie pozostaję w koniecznej do tego blizkiej styczności.

— Tak, to jasne. Rzeczywiście to nie są ruchy ani moje, ani małego. Przez ciebie przemawia ktoś inny.

— Pozostaje więc druga ewentualność.

— Mianowicie?

Ryszard okazywał wysokie zaciekawienie.

— Najprawdopodobniej wchodzi tu w grę podświadome działanie telepatyi.

— Jak to rozumiesz? Czyżbyś przypuszczał, że ktoś wpływa na ciebie w ten sposób, że każe ci wykonywać ruchy, należące do osoby trzeciej lub nawet do samego nadawcy? A może są to gesty przezeń tylko pomyślane, czysto imaginacyjne?

— Niezupełnie, lubo jesteś blizkim mej hipotezy. Zasadnicza różnica między nami polega na tem, że ty przypuszczasz działanie wprost świadome, przedsięwzięte w pewnym celu, gdy ja przeciwnie sądzę, iż mamy tu do czynienia z wpływem najzupełniej nieświadomym. Co więcej, jestem głęboko przekonany, że mój nadawca zaprzestałby chętnie swych bezwiednych eksperymentów, gdyby wiedział, jakie mogą pociągnąć za sobą następstwa.

— Wybacz, lecz nie rozumiem. Jakto? Przecież sądzę, że przy telepatyi koniecznem jest świadome siebie i określone pod względem kierunku wytężenie woli czy myśli. — Nadający musi wiedzieć, na kogo działa.

— Niekoniecznie.

— W takim razie może przejąć depeszę ktokolwiek.

— Stanowczo nie. Nie ulega bowiem wątpliwości, że między obu stronami wytwarza się uprzednio stosunek bliższy uwarunkowany obcowaniem, uczuciami, wspólnością myśli, przeżyć. Stąd to nic dziwnego, że niejednokrotnie, bo już przedtem utorował sobie drogę podatną do przeprowadzenia operacyi.

— Jak więc wyobrażasz sobie działanie telepatyi w naszym względzie w twoim wypadku.

— Bardzo prosto. Oto pewne indywiduum myśli o kimś od dłuższego czasu w sposób niezmiernie intenzywny; ów ktoś wypełnia niemal zupełnie jego widnokrąg myślowy, wżerając się niepodzielnie w jego duchową dziedzinę. Rozważa się głęboko jego mowę, ruchy, fizyognomię, słowem całą istotę, pozwala się opętać całą jaźnią. — Przypuśćmy teraz, że ową osobę, która tak wszechwładnie opanowała danego osobnika, zna jeszcze ktoś drugi — ktoś pozostający z opętanym w blizkich stosunkach — a staniemy tuż przed progiem tajemniczej dziedziny telepatyi. Opętanie myślowe zacznie się zwolna, bez świadomego przyczynienia się nadawcy, przenosić na drugiego osobnika i uzewnętrzniać, n. p. w naśladowaniu gestów zamyślonego indywiduum.

Przestałem na chwilę trochę znużony wysiłkiem porządkowania mych wywodów i spojrzałem na Norskiego.

Widocznie słowa moje podziałały nań silnie, bo oparł zachmurzone nagle czoło na dłoni i utkwił zamyślony wzrok w ziemię. Po chwili wahania zapytał niepewnie:

— Lecz owo przejęcie się obcą jaźnią musi mieć w takim razie silne zabarwienie uczuciowe? Inaczej nie da się wytłómaczyć ta jego intenzywność.

— Zapewne. Telepatya działa najsprawniej tam, gdzie wchodzi w grę uczucie.

— Czy masz na myśli miłość?

— Niekoniecznie. Sądzę, że potężne wywierać musi skutki też uczucie strachu lub grozy związane z zamyśloną jaźnią. Tak n. p. przypuszczam, mogą działać telepatycznie niektórzy zbrodniarze. Myśli ich, krążące ustawicznie koło nieszczęsnej ofiary działają prawdopodobnie jak mocne, jadowite wyziewy i przepajają sobą otoczenie, kłębiąc się w dzikich jak wężowisko skrętach. — Okropne są myśli zbrodniarzy! W ten sposób zdarzyć się może, że morderca wpływając telepatycznie na innych, pewnego dnia ujrzy w ich ruchach ofiarę rąk własnych.

Ryszard trupio blady wpatrywał się we mnie błędnym wzrokiem.

— To byłaby straszna zemsta, piekielna zemsta!...

— Tak, tak... Dobrześ to określił. Toby była zemsta umarłych... bez ich osobistego wdawania się. Istotnie, mocne być muszą myśli opętanych i działają potężnie. I tu w całej grozie odsłaniają się otchłanie natury, świadczące w znakach niesamowitych, jak okropną jest dusza człowieka.

Gdy domawiałem tych słów, Norski szybko podszedł ku oknu werandy i silnie pchnął je na ogród. Z zewnątrz wpadł słony wyziew morza zmieszany z wonią kwiatów i orzeźwił nam czoła.

— Trochę tutaj duszno — zauważył. — Może zejdziemy między klomby.

— Owszem.

Zeszliśmy.

Ranek był parny, pochmurny. Szary blask rozlewał się po świecie i nadawał wszystkiemu nijaki wyraz obojętności.

Było nam ciężko. Kroki nasze dźwigały się powoli, ospale, zapuszczając się w kręte aleje eukaliptusów, okrążając dziwacznie powyginane desenie grządek z kwiatami.

Parę razy przejechał obok nas Adaś z swemi ulubionemi taczkami, w których woził dla zabawy ziemię i piasek po szerokich ścieżkach ogrodu. Zauważyłem pewną regularność w tych wędrówkach. Rozpoczynał jazdę od pagórka, gdzie zapomocą łopatki kopał ziemię i ładował na taczki, przejeżdżał popod domek i znikał z ciężarem między krzakami bzu, na przeciwnym krańcu ogrodu, w którym wznosiła się altanka. Widocznie tam wysypywał ziemię, bo wkrótce zjawiał się z próżnemi taczkami i rozpoczynał ekspedycyę powtórnie. Zabawa zajmowała go bardzo, bo prawie nas nie zaczepiał, pilnie zajęty pracą. Spostrzegłem jednak, jak od czasu do czasu śledził ruchy ojca, który zakazał mu przebywać w altanie; dopókiśmy go mieli przed sobą na oku, kluczył po ścieżkach, zaledwo jednak obróciliśmy się doń plecyma, zbaczał w zakazanym kierunku i szybko wytrząsnąwszy zawartość taczek, wracał pomiędzy klomby.

— Dziwny chłopak — pomyślałem. — Jakiś duch przekory ciągnie go do tego kąta.

Lecz nie zwróciłem na to uwagi zdenerwowanego ojca. Ten tymczasem zajęty w dalszym ciągu poruszoną dopiero co kwestyą, chciał ją doprowadzić do względnie określonego końca.

Trochę chwiejnie, siląc się na spokojną obojętność, zauważył:

— Pozostałoby do rozstrzygnięcia zagadnienie: Kto na ciebie działa?

— Sądzę, że raczej należałoby stwierdzić tożsamość ruchów, jeżeli tylko nie są wytworem fantazyi nadającego. Łatwiej będzie mi odgadnąć, kto na mnie działa, gdy odpowiem na pytanie: Czyje gesty naśladuję?... Czy nie mógłbyś mi w tem przyjść z pomocą? Sprawa, o ile zauważyłem, dość cię zajęła. Czy obecne ruchy moje nie przypominają ci kogoś znajomego?

Norski znać nie przeczuwał, że kwestya weźmie taki obrót. Pytanie stropiło go. To też dopiero po chwili odpowiedział, nie patrząc na mnie:

— Niestety, ja ci się tu na nic nie przydam. Ta gestykulacya jest mi zupełnie obcą; nie widziałem jej u nikogo.

— W takim razie musisz zrezygnować z upragnionej odpowiedzi na zadane przedtem pytanie. Nie dowiesz się, komu podobało się wybrać za narzędzie swych dalekonośnych doświadczeń.

Mówiłem tonem umyślnie żartobliwym, by go nie zaniepokoić i wkrótce zeszedłem na temat obojętny. On też uznał za stosowne zmienić rozmowę i zaczął o czem innem.

A jednak jeszcze tegoż dnia dowiedziałem się, do kogo należały ruchy, któremi tak dziwnie przesiąkłem.

Stało się wieczorem, wkrótce po zachodzie słońca. Jak zwykle po kawie zaproponował Ryszard przechadzkę nad morze. Przystałem chętnie i podczas, gdy on już gotów do wyjścia czekał na mnie na stopniach terasu, ja zaszedłem jeszcze do pokoju po zarzutkę, bo wieczór zapowiadał się chłodny. Po chwili wróciłem i włożywszy dość fantazyjnie kapelusz na głowę, stanąłem w drzwiach wchodowych, naciągając rękawiczki. Norski narazie mnie nie widział, odwrócony twarzą ku morzu. Tak minęło w milczeniu chwil kilka.

Wtem on widocznie zniecierpliwiony czekaniem, odwrócił się,

podniósł wzrok w stronę, gdzie stałem i nagle, jak przed widmem, zasłaniając się rękoma, pochylił się tak silnie wstecz, że omal nie stoczył się ze schodów.

— Ryszardzie! Co tobie? To ja!

Podbiegłem i w samą porę chwyciłem go pod ramię. Uspokoił się, nie spuszczając ze mnie błędnych piekielnem przerażeniem oczu, jakby nie dowierzał dźwiękowi mego głosu.

— Tak, to ty, prawda. Co za przeklęte przywidzenie. Lecz ten ruch, ten twój nieszczęsny ruch i sposób założenia kapelusza tak mi żywo przypomniał...

— Kogo? — podchwyciłem z zapartym tchem.

— Prandotę — wyjąkał, jakby przerażony równocześnie brzmieniem tego nazwiska, które od paru tygodni wyszło poza obręb naszych rozmów.

I poszliśmy na plażę.

*   *

*

Nazajutrz miałem wyjechać. Pobyt mój u Norskiego był dlań widocznie z dniem każdym wzrastającą katuszą. To też, gdy mu oświadczyłem swój zamiar, zagrał w jego oczach błysk nagłej radości. Odetchnął. I ja opuszczałem willę z ulgą w sercu. Było mi tu już od dłuższego czasu za duszno; atmosfera zionęła ukrytym jadem. Każda godzina spędzona z Ryszardem działała na mnie jakoś niepokojąco i oddalała coraz bardziej od tego dziwnego człowieka.

I on zmienił się bardzo. Pobladł, wyżółkł i zestarzał się o lat kilkanaście. Tych parę miesięcy spędzonych razem przekształciło tego energicznego, twardego jak stal mężczyznę do niepoznania. Jeżeli mimo to nie rozstał się ze mną wcześniej, to zrobił to, sądzę, chyba z jakiejś okropnej w swym tragizmie ciekawości rzeczy, które go miały zdruzgotać, połączonej z duchem wewnętrznej przekory; jakby chciał stoczyć ze mną rodzaj pojedynku bez wyzwania, bez słów. Jego dumny, męski charakter spostrzegłszy, że pod pewnym względem mogę być dlań groźnym, postanowił stawić czoło i wytrwać do końca.

A przecież musiał ustąpić i ze źle tajoną radością oczekiwał mego rychłego wyjazdu. Bo gra była ponad ludzkie siły, bo wmieszały się pierwiastki niewspółmierne, nieuchwytne w swej naturze i stąd nieobliczalne. Więc przerażony zaczął się cofać.

Żegnał mię w sposób wytworny, pełen elengacyi i dobrego smaku. Już to zawsze być estetą i gentlemanem.

Pożegnalny obiad był wspaniały. Stół formalnie uginał się od ciast, pulardów, sorbetów, mięsiw. Zastawa stylowa zdradzała wyszukany smak i głęboką kulturę piękna. Miałem wrażenie, że cała dzisiejsza sztuka stosowana znalazła przy tym kwiatami ubranym stole swój pełny, oszołomiający bogactwem i oryginalnością wyraz.

Dla mnie *clou* uczty stanowił pewien rodzaj minogów, za którym przepadałem. Szczególnym trafem dotąd nigdy ich u Norskiego nie jadłem, chociaż i on niegdyś był ich zapalonym amatorem. To też przed odjazdem chciałem koniecznie uraczyć się tem wybornem mięsem, zwłaszcza, że nadarzała się po temu sposobność. Właśnie bowiem przyszedł do portu świeży transport i w mieście literalnie je sobie rozchwytywano. Nic nie mówiąc Ryszardowi, kupiłem parę sztuk i poleciłem przyrządzić w kuchni w przekonaniu, że sprawię mu tem miłą niespodziankę. Lecz jakież było me zdumienie, gdy Norski spostrzegłszy na półmisku moją ulubioną potrawę, zwrócił się do służącego z zapytaniem, kto kazał ją podać. Wyjaśniłem sprawę natychmiast, przepraszając za samowolne wdzieranie się w zakres praw gospodarza.

— O ile sobie przypominam, i ty byłeś zwolennikiem minogów?

— Tak, tak... to prawda. Lecz od pewnego czasu, dzięki jakiejś idyosynkrazyi nie mogę znieść ich widoku. Ale proszę cię bardzo, nie przeszkadzaj sobie. Należało tylko zwrócić mi uwagę na to, co lubisz, sam byłbym wydał odpowiednie instrukcye. Co do mnie, pozostaję przy moich homarach.

I zręcznie chwycił swą białą, kobiecą ręką szczypce okazałego kraba.

Trochę zmieszany zabrałem się do minogów. Były przyprawione świetnie, pełne korzennej podniety.

Na chwilę zapanowało milczenie.

Niebawem Ryszard skończył, popił perlistą maderą i otarłszy usta, zapalił papierosa.

Zajęty zdzieraniem z ryby delikatnego naskórka, czułem na sobie jego mocny wzrok: obserwował mnie. Nie podnosząc oczu, włożyłem świeży kawałek do ust i w tej chwili blednąc, oddałem go z powrotem na talerz.

— Co tobie?! Niedobrze?

Ryszard stał tuż przy mnie i podawał kieliszek z winem.

— Popij!

— Dziękuję. Wiesz, miałem w tej chwili szczególną sensacyę: zdawało mi się, że ryba jest zatrutą.

Norski wbił mi paznokcie w ramię, aż syknąłem z bolu.

— Oszalałeś?! — zapytał cały wzburzony.

— Ależ rozumiem wybornie, że to tylko proste wrażenie i nic więcej; takie sensacye przychodzą czasem ni stąd, ni z owąd. Zresztą minogi były doskonałe, brałem już drugą porcyę. Był to moment tylko. Jestem gotów jeść dalej.

— Nie! Ja nie pozwolę. Lecz, by cię upewnić, sam spróbuję. I wziąwszy z półmiska drugą połowę, począł jeść. Zawstydzony usiłowałem protestować:

— Ależ ja ci wierzę, Ryszardzie. Nie bądź-że dzieckiem. Lecz Norski spożył rybę do końca, poczem ponownie zapaliwszy drżącą ręką papierosa, przeprosił mnie i odszedł do sypialni.

— Wybacz — rzucił na pożegnanie — jestem trochę zdenerwowany. Przeraziłeś mnie. Adasiu zostaniesz tymczasem z panem. Istotnie wyglądał bardzo blady.

Zostałem sam z dzieckiem.

W jadalni było parno. Wyziewy potraw zmieszane z odurzającą wonią kwiatów wytworzyły atmosferę ciężką i nużącą. Wziąłem za rękę Adasia i przeszliśmy do biblioteki.

Chcąc chwil parę pozostać w samotnem skupieniu i uporządkować cisnące się gwałtem myśli, wydobyłem z górnej półki kilka ilustrowanych książek i dałem je do oglądania chłopcu. Jakoż niebawem zajął się niemi najzupełniej. Usiadłem na sofce, naprzeciw drzwi wchodowych i zamyśliłem się: poddawałem bacznemu rozbiorowi ową sensacyę pod koniec obiadu.

Że była to rzeczywiście tylko sensacya, nie wątpiłem ani chwili. Kawałek ryby, który miałem w ustach, pod względem smaku nie różnił się niczem od poprzednich, które spożyłem przecież z największym apetytem.

Więc chyba autosuggestya. Lecz ani mi wtedy przez myśl nie przeszło wyobrażenie trucizny, nie pozostawało nic innego, jak przyjąć poddanie mi podobnej myśli przez Ryszarda. Tu przypomniał mi się instynktem wyczuty w tym momencie wzrok jego, który spoczywał na mnie. Może wtedy myślał o truciźnie? Kto wie, może między nią a minogami istniał pewien związek? Toby tłumaczyło wstręt niespodziewany do ulubionej niegdyś ryby. Może kiedyś w życiu był świadkiem podobnego zdarzenia, które mu głęboko utkwiło w pamięci?...

Zmęczony, podniosłem z zadumy czoło i spotkałem się z czarnemi, jak aksamit oczyma dziecka.

Był zupełnie podobny do matki, którą znałem tylko z portretu zawieszonego w salonie. Szczególnie fascynująco musiały działać jej duże, czarne oczy, pełne niewysłowionej słodyczy i głębi wyrazu. Podobnie w kraju, zanim wyszła za mąż, budziła wszędzie podziw i zazdrość, była przedmiotem pragnień wielu i powodem kilku gorących afer. Mówiono nawet, że ową tajemniczą nieznajomą, której wdzięki opiewał tak wytwornie w swych sonetach Stanisław Prandota, nie był nikt inny tylko Róża z Wrockich, Adaś miał te same namiętnie palące oczy i białą, jak alabaster cerę twarzy, tak bardzo podnoszącą ich wyraz.

Był to chłopak nad wiek rozwinięty, wrażliwy i nerwowy. Lubiał zadawać czasem pytania dziwaczne, rozmawiać o rzeczach przykrych, dziwnie nie harmonizujących z pogodą lat dziecięcych. I teraz miał w twarzy taki wyraz, jakby mi się chciał zwierzyć z czemś ważnem. Ośmieliłem go, przyciągając łagodnie ku sobie.

Siadł mi na kolana i z miną tajemniczą wydobył z bocznej kieszonki jakiś drobny, świecący przedmiot. Chcąc mnie snać zaciekawić, trzymał go w zamkniętej dłoni i patrzył na mnie w zagadkowy sposób.

— No pokaż! Cóż to takiego?

Chłopak ociągał się:

— Pokażę, jeśli pan da słowo, że nie powie nic tatusiowi.

Zapewniłem uroczyście. Wtedy otworzył rękę i na dłoni ujrzałem mały, złoty medalion. Odchyliłem emaliowane wieczko i ujrzałem subtelnie wykonaną miniaturę pani Róży.

— To od mamy?

Chłopak poruszył przecząco głową.

— Więc od kogo?

— Proszę zgadnąć.

— Nie potrafię.

— Od pana Stacha.

Pocisnął sprężynkę; miniatura odchyliła się i pod nią przeczytałem wyryte na złotem tle słowa: „Synkowi Róży — Stach".

Opanowało mnie dziwne uczucie. Tajemnica Adasia wstrząsnęła mną do głębi, wywołując błyski niespodzianych myśli.

Prandota kochał żonę Norskiego. Może Adaś...

Wstrzymałem bieg myśli szalonej i zwróciłem się do chłopca:

— Kiedy dał ci to pan Stach?

— Dzień przed odjazdem. Pocałował mnie w czoło i kazał nosić na piersiach. Był wtedy tak smutny, tak bardzo smutny. Jutro miał wyjechać. Nawet nie mogłem się z nim pożegnać.

— Dlaczego?

— Nazajutrz rano, zanim do nas przyszedł na pożegnanie, zabrał mnie z sobą pan guwerner i pojechaliśmy na cały dzień na wieś. Gdyśmy wieczorem wrócili, pana Stacha już w domu nie było... Biedny pan Stach...

— Dlaczego? Przecież go kiedyś zobaczysz.

Udawałem, że nic nie wiem o zgonie Prandoty, wiedząc napewno, że ani ojciec, ani żaden z domowników nic o tem chłopcu nie wspominał.

Lecz dziecko potrząsnęło smutno głową:

— Pan Stach już więcej nie wróci.

— Kto ci to powiedział?

— I mamusia już nie wróci.

To szczególne zestawienie upewniło mnie, że Adaś dziwnym, niektórym nerwowym dzieciom właściwym instynktem odgadł śmierć ukochanego człowieka. — Więc zamilkłem. Lecz on miał mi widocznie jeszcze coś ważniejszego do zwierzenia, bo ujawszy mą rękę, pociągnął mnie w ogród.

— Coś panu jeszcze pokażę.

Prowadził w odległy kąt, dokąd zaglądałem rzadko, ze względu na Ryszarda, który unikał tej partii. Właśnie w tę stronę wiódł mnie, niecierpliwie szarpiąc za rękę. Przeszedłszy szpaler tuj, stanęliśmy przed altaną.

Myślałem, że tajemniczy chłopak każe mi wejść do środka, lecz omyliłem się. Nie wypuszczając ani na chwilę mej ręki z dłoni, pociągnął mnie za altanę.

To, co ujrzałem wtedy, wyryło się w mej duszy na zawsze ponurym obrazem.

W wązkim przesmyku, między tylną ścianą altany, a murem ogrodowym, ujrzałem świeżo usypany nieudolną dłonią grób z małym, z gałązek złożonym krzyżykiem w środku.

Patrzyłem oszołomiony przykrym widokiem na Adasia z niemem pytaniem.

— Czy dobrze usypałem?

— Więc to ty? Kiedy? Poco?

— Wczoraj i przedwczoraj, kiedy tatuś wychodził z domu zrobiłem; ziemię miałem zwiezioną już dawniej taczkami. To dla pana Stacha. Mamusia ma już na cmentarzu.

Dreszcz zgrozy przebiegł mnie od stóp do głowy.

— Dlaczego właśnie tutaj?

— Tatuś kazał.

— Tatuś?!

— Tak, w nocy, we śnie, wiele dni temu. Śniło mi się, że przyszedł do mego łóżka, wziął za rękę i zaprowadził tutaj. Potem usiadł w altanie na ławce, dał mi moją łopatkę i kazał sypać z tej strony grób dla pana Stacha. Płakałem, wyrywałem się, lecz tatuś krzyczał i musiałem usłuchać. Przez cały czas siedział tu na ławce i patrzył, jak kopię ziemię. Gdy usypałem do końca, przebudziłem się. Było rano, leżałem w łóżku. Odtąd pędziło mnie tutaj i nie dało spokoju, aż zrobiłem tak, jak tatuś kazał we śnie.

— Czy ojciec wie o tem? Czy pokazywałeś mu?

— Nie. Boję się okropnie, by nie spostrzegł.

W tej chwili usłyszeliśmy za sobą lekki szelest. Odwróciłem się mimowoli i krzyknąłem.

Za nami, ciężko oparty o róg chłodnika, stał blady jak płótno, dziko uśmiechnięty Norski... Widział i słyszał wszystko.

Popatrzyliśmy na siebie dziwnie, w milczeniu. Potem on zawrócił chwiejnym krokiem do willi. Długi czas stałem bez słowa na tem samem miejscu, kurczowo ściskając rączkę Adasia. Wreszcie obudził mnie z drętwoty dojmujący krzyk mewy. Otrząsłem się i spojrzawszy zdumiony na wpatrzonego we mnie chłopca, rzekłem:

— Chodźmy!

I wróciliśmy do mieszkania.

Tego wieczora nie było wspólnej kolacyi. Adaś zasnął wcześnie w swym pokoiku. Ryszard usunął się samotnie na prawe skrzydło domu. Zostałem sam w przeznaczonej mi sypialni.

Wstrząśnienia dni ostatnich, zwłaszcza z przed paru godzin, nie dały mi zasnąć. Zgasiwszy lampę, usiadłem w kącie pokoju i paliłem papierosy.

Przez otwarte okno wpadały do wnętrza zielonawe smugi księżyca, sięgając ku mnie wydłużonymi palcami. Z ogrodu wionęły zapachy kwiatów, wibracye woni subtelne, upajające — czasem podniósł się słony oddech morza. Wśród krzaków migotały zwodniczo lucciole, tęskniły wieczorne słowiki...

Przyszła dzika myśl, okropna, by zakraść się tam, za altanę, rozrzucić nieudolny nasyp Adasia i pójść dalej w głąb, w ponurą dziedzinę umarłych. Zadrżałem, odsunąłem z odrazą...

Jakiś cień wysoki przemknął w świetle księżyca i znikł między drzewami. Wychyliłem się przez okno: nie było nikogo. Wszędzie

cisza, przerywana od czasu do czasu silniejszym chlupotem o skały.
Dopaliłem papierosa i rzuciłem na ścieżkę. W tej chwili huknął
strzał. Przeskoczyłem przez parapet i pędem podążyłem w tę
stronę, instynktownie zmierzając ku altanie.

Była jasno oświetlona promieniami księżyca, cała skąpana w
srebrnej powodzi lśnień. Zaszedłem z tyłu: pod murem na grobie
Stanisława Prandoty leża[8] z przestrzeloną skronią Norski.

---

8 błąd w druku — *leżał.*

Also Available from JiaHu Books

Hiša Marije Pomočnice - 978-1-909669-31-4

Ludzie bezdomni

Quo vadis?

Pan Taduesz

Osudy dobrého vojáka Švejka za světové války 978-1-909669-45-1

Чорна рада - 978-1-909669-52-9

Горски вијенац - 978-1-909669-56-7

Judita

Dundo Maroje

Suze sina razmetnoga - 978-1-78435-059-8

Стихотворения и Проза Ботев 978-1-909669-86-4

Под игото - 978-1-78435-055-0

Az arany ember

Szigeti veszedelem